AF576387

5-7, rue de l'Ecole polytechnique, 75005 Paris

http://www.harmattan.fr
diffusion.harmattan@wanadoo.fr
harmattan1@wanadoo.fr
ISBN : 978-2-343-02984-9
EAN : 9782343029849

Le Jardin de la Sagesse

Conte philosophique et initiatique

Pierre Gerhart

Le Jardin de la Sagesse

Conte philosophique et initiatique

L'Harmattan

A nos enfants,

Plus particulièrement à Sarah,

A tous ceux qui ont oublié l'enfant qu'ils étaient…

LIVRE I

NATHANAËL LE BIEN-AIME

PROLOGUE

Comme à l'accoutumée Nathanaël rentra chez lui après une dure journée de labeur. Depuis l'aube beaucoup de monde l'avait salué. Il était aimé de tous pour sa gentillesse, sa manière d'écouter ou de servir chacun. A celle qui lui annonçait la naissance de son enfant, il donnait de quoi l'aider. A celui qui manquait de pain, il laissait sa part. Et à celui qui voulait bien l'écouter, les yeux pleins de lumière il disait : « *Ce qui n'est pas donné est perdu* ». Ses conseils étaient si avisés qu'il en venait de partout pour l'entendre. C'est ainsi qu'il acquit au-delà des frontières une réputation d'homme juste qui lui valut le surnom de Nathanaël le Bien-aimé.

Ce jour-là le ciel était plus clément qu'aucun homme ne l'avait jamais été. Le soleil brillait si fort que les ombres de toutes choses disparaissaient. C'était le Grand midi dans le Jardin de Nathanaël le Bien-aimé. Personne ne prêta attention à cette étrange luminosité.

L'heure est venue, songea-t-il, pour que les hommes se rassemblent car l'hiver est proche où sa froidure givrera les sources et les enfants manqueront de lait.

Il les appela. Seul un mendiant se présenta.

— Quel est ton nom ? lui demanda Nathanaël le Bien-aimé.

Le mendiant lui laissa sa chaussure trouée en guise de réponse.

— Soit ! Nous ferons le chemin ensemble, lui dit Nathanaël le Bien-aimé.

Des semaines passèrent. Nathanaël le Bien-aimé continuait de se rendre à son lieu de travail. Un matin où la rosée finissait de jeter ses diamants dans l'éclat du jour naissant, un enfant le regarda passer.

— Quel est ton nom ? lui demanda Nathanaël le Bien-aimé.

L'enfant lui laissa son ardoise et sa craie en guise de réponse.

— Soit ! Nous apprendrons ensemble, lui confia Nathanaël le Bien-aimé.

C'est ainsi que Nathanaël le Bien-aimé avait fait la connaissance de ses nouveaux amis le Mendiant et l'Enfant.

Ce soir-là, des ombres silencieuses dessinaient dans les fougères les silhouettes de lutins endormis. La lune croissante éclairait le doux visage de Nathanaël le Bien-aimé assis sur le gros rocher qui dominait toute la vallée.

Il était songeur.

Demain dès l'aube il lui faudrait une nouvelle fois rejoindre la Ville des hommes avec ses cris, ses bruits de fer et ses fumées noires d'usine, là-bas de l'autre côté de la rivière, loin de ses arbres et leur brillante couronne d'émeraude. Il lui faudrait aussi abandonner les caresses du vent qui lui parlait de ses désirs et lui apportait les messages du Ciel.

Non, demain ne devait pas être comme hier. A ce prix il ne reprendrait pas, cette fois, la direction de la Ville des hommes. Il irait chercher ses nouveaux Compagnons et leur dirait :

— Choisis notre chemin si tu crois qu'il t'appartient de le choisir, ami Mendiant.

Et à l'Enfant :

— Apprenons toutes les sciences si tu crois que notre connaissance sera un jour complète.

Apaisé, Nathanaël le Bien-aimé s'endormit.

Comme à chaque fois, les premiers rayons de soleil ouvrirent la carrière du jour. Nathanaël le Bien-aimé prit le chemin qui le mena chez ses nouveaux Compagnons.

— Viens avec moi, nous cheminerons ensemble, dit-il au Mendiant.

Arrivés chez l'Enfant, Nathanaël le Bien-aimé lui dit :

— Viens avec nous, nous chercherons la Connaissance.

C'est ainsi que commença le voyage de Nathanaël le Bien-aimé accompagné du Mendiant et de l'Enfant.

PREMIERE PARTIE

LA RETRAITE

I.1

Ils commencèrent leur voyage en prenant la direction du Nord.

Au Nord, leur avait confié Nathanaël le Bien-aimé, nous trouverons l'absence de lumière propice à la germination, et le silence si favorable à la méditation.

Le Mendiant l'observait, l'Enfant l'écoutait.

— Je suis prêt à abandonner ma guenille et à me débarrasser de mon bol. Cette direction nous mènera au moins où retrouver l'état de notre naissance, ni nus ni vêtus, avait répondu le Mendiant.

L'Enfant avait acquiescé d'un mouvement de tête et songea que le temps de l'Oubli commençait.

I.2

Chaque pas qu'ils faisaient les éloignait toujours plus de la Ville des hommes. Arrivés au cœur de la forêt sombre et sans ombres, l'Enfant s'étonna.

— Mais où sont donc ces chants d'oiseaux, ces herbes presque bleues pliées sous la caresse du givre, ces ruisseaux courant le long des terres fertiles ? Comment un pareil endroit peut-il exister, moi qui n'ai connu que les jeux bruyants, le crissement de la craie sur l'ardoise, l'odeur des livres et la voix de mes maîtres d'école ?

Nathanaël le Bien-aimé lui prit doucement la main.

— Tu t'étonnes de ce que tes pas te font découvrir. Ton étonnement est ta jeunesse et tout apprentissage commence par là. Oublie ta craie, ton ardoise, tous tes livres et tes maîtres d'école. Désormais le monde est ton Grand livre, tes yeux sont ton ardoise et ton cœur, ton véritable Maître.

L'Enfant nota joyeusement dans son cœur que chacun de nos pas est un début à la Connaissance.

I.3

Le noir mêlé de la forêt s'était épaissi. Nathanaël le Bien-aimé devinait la présence de ses Compagnons aux doux craquements de leur pas sur l'épais tapis de feuilles mortes qui recouvraient le sol. Le Mendiant marchait en tête cherchant en tâtonnant le chemin le plus praticable. Son pied heurta une souche d'arbre :

— Hé là ! s'exclama-t-il en colère.

— Contre qui ou quoi hurles-tu ainsi ? lui demanda Nathanaël le Bien-aimé. N'est-ce point toi qui choisis ton chemin ? Pourquoi t'en prendre aux racines des arbres de la forêt qui sont bien plus vieux que toi ? Ne sais-tu pas que ce sont elles qui descendent au plus profond de notre terre pour y puiser l'eau qui montera lentement nourrir leurs cimes les plus élevées ? Que la hauteur a besoin de la profondeur ?

L'Enfant avait tout entendu. Il nota gravement dans son cœur que pour être grand il fallait accepter d'être humble.

I.4

Nos trois voyageurs marchaient depuis de longues heures. La faim et le froid commençaient à les tenailler. Le Mendiant s'en plaignit à Nathanaël le Bien-aimé.

— Avec mon bol je ne manquais pas de pain rassis et de lait rance, avec ma guenille je n'avais pas froid, dit-il plein de nostalgie.

Nathanaël le Bien-aimé lui dit :

— N'est-ce point toi qui as souhaité te débarrasser de ton bol et de ta guenille ? Crains-tu de mourir de faim et de froid ?

— Nathanaël le Bien-aimé lui donna son habit et partagea son pain avec ses Compagnons.

— Ne crains ni la faim ni le froid. Crains plutôt l'absence de courage et de confiance en toi-même. Méfie-toi de tes doutes comme de tes certitudes. Ce sont eux qui rident ton âme, provoquent ses orages et te font maudire le jour de ta naissance. Garde-toi toi-même en confiance. Tu es ton meilleur ami ou pire ennemi. Tout te sera donné de surcroît.

L'Enfant avait tout entendu. Le pain qu'il mangea forcit son âme. Il nota joyeusement dans son cœur que dans l'Espérance rien ne tarde.

I.5

La pluie se mit à tomber si fortement qu'elle réussit à percer par endroits la couronne des arbres. Ses gouttes s'assemblaient pour former de minuscules ruisseaux qui coulaient grossissant dans les sillons de la terre.

Le Mendiant souffrait de cette pluie. Nathanaël le Bienaimé lui dit :

— Pourquoi tant de désagrément ?

Et il ajouta :

— Regarde la goutte d'eau tomber du Ciel, courir à la goutte d'eau voisine et ainsi pour des milliers d'entre elles. Regarde la force croissante des ruisseaux qui naît de leur union. Regarde le chemin qu'ils s'ouvrent malgré les nombreux obstacles de roches ou de trous. Ils deviennent rivières puis fleuves qui courent remplir la mer. Et la mer retourne au Ciel plein de nuages. Sois comme l'eau ! Que ton énergie veuille ce cycle de la vie.

L'Enfant émerveillé nota dans son cœur que la Grande mer est faite de toutes ses gouttes d'eau sans qu'il en manque aucune. Et que le Ciel n'était l'ennemi de personne.

I.6

Ils marchèrent longtemps, très longtemps, s'enfonçant toujours plus profondément dans la forêt. Le Mendiant aux pieds nus, éprouvait douloureusement les cailloux qui lui déchiraient la peau. Il tempêtait contre son chemin.

Nathanaël le Bien-aimé lui dit :

— Ne sais-tu pas, toi qui n'as pas même de chaussure à ton pied, que ce qui fait le plus mal, ce ne sont pas les cailloux que l'on rencontre sur le chemin mais ceux que nous avons dans la chaussure ?

L'Enfant intrigué nota dans son cœur que beaucoup de nos peines naissent de nos défauts.

I.7

Aucune lumière, aucun vent, aucun bruit ne pouvaient traverser l'épaisseur de la forêt. Tout était immobile et silencieux sauf nos trois voyageurs qui continuaient péniblement d'avancer. Une vieille souche paraissait attendre nos trois amis. Nathanaël le Bien-aimé décida qu'il était temps de se reposer. Blottis l'un contre l'autre pour se protéger du froid, ils s'endormirent profondément. Le Mendiant se réveilla le premier. Puis ce fut l'Enfant et enfin Nathanaël le Bien-aimé. Personne n'aurait pu dire si c'était le jour ou la nuit.

Le Mendiant s'en inquiéta et demanda :

— Est-ce le jour ? Est-ce la nuit ? Quelle heure est-il ?

Nathanaël le Bien-aimé lui répondit :

— Ne t'inquiète ni du jour ni de la nuit. Car aucun aveugle n'a jamais pu dire où commence le jour et aucun voyant où il finit. La limite entre la lumière et les ténèbres n'est pas visible à nos yeux. Et toute heure est unique pour l'aveugle ou le voyant. Tu es tantôt l'un tantôt l'autre, aveugle ou voyant. C'est toujours ton heure.

L'Enfant incrédule écarquillait ses yeux. Il nota dans son cœur que l'essentiel est invisible aux aveugles et aux voyants.

I.8

Pleins de nouvelles forces, ils se remirent en route et rencontrèrent ce qui devait être un ravin car leur cheminement les obligeait à redoubler d'effort tant la pente était devenue raide.

Le Mendiant peu habitué aux efforts ouvrait la marche. Il s'arrêta un moment pour reprendre son souffle et demanda plein de doute et d'impatience :

— Comment parviendrons-nous au sommet de cette montagne au milieu de cette obscurité ?

Nathanaël le Bien-aimé répondit avec un sourire plein d'indulgence que ses amis ne pouvaient pas remarquer tant il faisait noir :

Les sommets les plus élevés ne sont accessibles que par des montées. Tous les chemins qui s'élèvent finissent par se rejoindre au sommet de toutes les montagnes. Peu importe leur direction, pourvu qu'ils montent. Les plus difficiles sont préférables aux autres faciles, souvent les plus détournés aux plus droits.

L'Enfant un peu effrayé nota dans son cœur que le plus important n'était pas le sommet à atteindre mais le chemin qui y mène. Et qu'il pouvait conquérir les sommets les plus élevés à force de volonté et de persévérance.

I.9

Depuis longtemps l'obscurité cachait le visage des trois Compagnons si bien qu'aucun d'eux ne pouvait apercevoir le regard de l'autre. Le Mendiant pourtant habitué à baisser son regard depuis qu'il demandait l'aumône s'en inquiéta et dit :

— Qui suis-je pour vous qui ne voyez plus mon regard, s'il est honteux ou affamé. Qui êtes-vous pour moi qui ne vois plus vos regards, s'ils sourient ou pleurent. Qui sommes-nous parmi nous qui nous touchons sans voir nos regards ?

Nathanaël le Bien-aimé répondit :

— Vos yeux sont les fenêtres de votre âme. Et votre âme ne peut disparaître dans l'épaisseur d'aucune nuit.

L'Enfant se surprit à aimer la nuit et nota dans son cœur qu'il ne serait plus jamais seul la nuit, les yeux ouverts.

I.10

La marche se poursuivait. L'écorce des arbres leur servait de repère et les effluves des plantes invisibles excitaient leur odorat.

Le Mendiant enivré déclara :

— Combien d'arbres faut-il pour trouver son chemin ? Combien de senteurs pour s'y engager ?

Nathanaël le Bien-aimé lui répondit :

— Les arbres sont nos tuteurs et nos maîtres. Ils deviennent nos tables, nos chaises et nos lits. C'est sur eux que nous appuyons nos coudes, reposons nos forces et cherchons l'abri ou la fraîcheur. Leur bois nourrit le feu de nos foyers, de nos forges et industries en tout genre. C'est avec eux que nous respirons et mangeons le mieux. Leur vieil âge nous parle en silence. Et les senteurs dont ils s'entourent sont les sujets de leur royaume.

L'Enfant plein d'émotion nota dans son cœur que le respect et la reconnaissance ouvrent tous les chemins.

I.11

Comme ils allaient, survinrent la tristesse et le regret d'avoir tout abandonné. Le Mendiant malheureux se mit à pleurer.

Nathanaël le Bien-aimé lui dit :

— Que te sert-il de pleurer, de geindre et te plaindre ? Regarde le brin d'herbe qui plie sous le vent, la racine des arbres qui fait éclater les roches les plus dures ou la fleur qui perd ses pétales pour porter son plus beau fruit. Si tu veux le changement, sois le changement.

L'Enfant tendit ses douces mains vers son vénérable Compagnon et nota dans son cœur que là où il y a une volonté, il y a un chemin.

I.12

Le Mendiant continuait d'ouvrir le chemin, tâtonnant ci ou là toujours à la recherche d'un chemin praticable. Une branche heurta son front. Il saignait abondamment. Son cri réveilla ses autres Compagnons qui somnolaient.

Nathanaël le Bien-aimé lui dit :

— Pourquoi hurles-tu ainsi dans cette nuit où personne ne peut t'entendre ? Rien ne se perd. Crois-tu que ton sang t'appartient quand dans tes veines coule celui de tes Ancêtres ? Ton sang ne t'appartient pas. Il vient des temps les plus anciens et peut-être nourrira-t-il les nouvelles générations à venir.

L'Enfant regarda ses mains finement veinées et nota dans son cœur que le sang de tout homme vaut celui de n'importe quel homme.

I.13

La neige était abondamment tombée sur la toiture de la forêt qui les protégeait. Le gel avait durci le sol, raidi les branches, scellé ou fendu toutes les pierres sur leur chemin. Leurs pas claquaient sur un tapis d'aiguilles de sapin dans un bruit sans écho de biscottes écrasées. Le Mendiant héroïque ouvrait le chemin.

— Pourquoi tant de souffrances ? Pour nous mener où ? interrogea-t-il dans la nuit noire.

Nathanaël le Bien-aimé lui répondit plein de sérénité :

— Le vieil homme qui est en toi doit mourir pour renaître. Chacune de nos souffrances et de nos joies est une avancée dans notre nouvelle jeunesse. Pourvu que tu le veuilles ! Ne prends pas pitié de toi-même quand ta dignité mérite bien plus que cela. Car la pitié pour toi-même ou les autres est mauvaise conseillère : elle te donne l'occasion de pleurer là où se trouve la raison de te réjouir. Non point que tu doives aimer la souffrance pour la partager mais au contraire la vouloir pour l'aimer comme une ingrate maîtresse. Car il n'est point d'amour sans souffrance.

L'Enfant souffrait lui aussi. Rassuré, il nota dans son cœur que la souffrance et la joie sont un maître pour l'homme.

I.14

Ce jour-là Nathanaël le Bien-aimé décida d'éprouver ses compagnons. Il ramassa le bout d'une vieille racine et leur demanda :

— Qu'est ceci ?

Le Mendiant répondit plein des connaissances acquises durant leur voyage :

— Les racines sont comme des puisatiers. Elles cherchent l'eau, profondément dans la terre, pour nourrir la couronne des arbres au plus haut du ciel. Et les cimes des arbres témoignent de leur utilité.

Vint le tour de l'Enfant. Il prit la racine et la jeta loin dans la nuit noire de la forêt.

Nathanaël le Bien-aimé dit à l'Enfant :

— Tu seras mon successeur.

L'Enfant nota dans son cœur que rien n'était définitivement établi, que le changement était la vie, la vie le changement.

I.15

Ils s'arrêtèrent au pied d'un arbre Maître. Son tronc massif, véritable colonne d'airain paraissait soutenir le Ciel qu'ils ne voyaient plus depuis fort longtemps. Ses branches tendaient au-dessus d'eux une toiture verdâtre qu'aucun rayon venu du Ciel ne pouvait transpercer. Le Mendiant considéra que dans ces conditions il était inutile d'essayer de s'adresser au Ciel.

Nathanaël le Bien-aimé leur dit :

— Que votre Ciel soit le fonds de votre cœur et vos prières la parole de votre cœur. Vous n'avez besoin du Ciel que quand vous manquez de cœur.

L'Enfant nota profondément dans son cœur qu'il était le Ciel durant autant de saisons que battrait son cœur.

I.16

Aucune foule ne les entourait. Aucun bruit. Tout était en apparence figé. Le Mendiant fut saisi d'effroi.

— Où allons-nous ? Qu'allons-nous devenir dans ce froid qui glace notre sang et nos pensées ?

Nathanaël le Bien-aimé s'approcha de lui et répondit :

— Tu n'iras pas plus loin que toi-même. Te déplacerais-tu aux confins du monde, de ses attraits ou divertissements, tu retrouveras toujours l'état où tu t'es abandonné. Car il n'est pas besoin de s'éloigner pour sentir être proche de soi.

L'Enfant nota dans son cœur que le monde est à la dimension de notre mesure.

I.17

Nathanaël le Bien-aimé voyait bien que ses Compagnons commençaient à perdre courage. Il leur dit :

— Vous êtes le sel de la terre et sa promesse. Vos fatigues disent votre faiblesse quand votre vie réclame toutes vos énergies pour s'épanouir. Soyez doux avec votre corps, non point mous. Sachez oublier. Quand vous aurez atteint le fond de votre désespérance et les hauteurs les plus élevées de vos joies, vous aurez trouvé votre véritable chemin.

Nathanaël le Bien-aimé se tourna vers le Mendiant et lui demanda :

— Qu'espères-tu encore ?

Le Mendiant résigné s'exclama :

— Le repos, la paix, mieux encore l'Oubli.

L'Enfant nota dans son cœur que s'il fallait cultiver l'Oubli, il fallait surtout ne pas oublier d'être heureux.

I.18

Sous leurs pas devenus fidèles, la Terre noire et durcie par le gel sentait bon. L'Epouse et la Mère, l'origine du monde leur tendaient son sein chaleureux et généreux. Pourtant son lait était de glaces gouttant aux lèvres de nos trois Compagnons. Le Mendiant qui avait tant aimé les femmes se souvenait des rares fois où il avait côtoyé le feu dansant de leurs foyers, de leurs attraits, de leurs coquetteries, de leurs cris, de leurs jalousies, de leurs disputes, parfois de leurs guerres sans lendemain. Il s'adressa à Nathanaël le Bien-aimé :

— Parle-nous de la Femme.

Nathanaël le Bien-aimé traça difficilement un sillon profond dans la Terre gelée et leur dit :

— Il fut un temps où aimer suffisait à moissonner, où la fleur épousait l'abeille pour le miel de tous. Un temps où la femme était l'homme, et l'homme la femme, où s'aimer soi-même était aimer l'autre comme la caresse du jour sur les douces bienveillances de la nuit, l'éclat de la lune à l'ombre du soleil. Et ce temps n'est pas révolu, qui reste celui de notre origine. Nos mères sont notre Terre, nos épouses sa promesse et nos amours notre fidélité.

L'Enfant se surprit à sourire. Il nota dans son cœur que toute femme est l'origine et la fin de toute fidélité.

I.19

La mauvaise saison était passée. Le Mendiant avait beaucoup changé. Sa guenille ne lui manquait plus, son bol encore moins.

Le temps est venu de redescendre dans la vallée, songea Nathanaël le Bien-aimé et il leur dit :

— Rejoignons la Ville des hommes. Nous y trouverons tout ce dont nous avons appris à nous passer. Notre joie sera d'autant plus grande.

L'Enfant plein de confiance en lui se réjouissait de revoir les siens. Il nota dans son cœur que les véritables et durables joies se nourrissent de la simplicité.

DEUXIEME PARTIE

LA VILLE DES HOMMES

I.20

Sur le conseil de Nathanaël le Bien-aimé ils se dirigèrent vers le Sud pour rejoindre la Ville des hommes. Arrivés à l'orée du bois ils furent d'abord éblouis par la luminosité qui recouvrait toute la vallée. Tous trois se dévisagèrent avec étonnement. Il y avait si longtemps qu'ils n'avaient pu voir leur visage. Le Mendiant demanda à s'asseoir, le temps que leur regard s'habitue à la nouvelle lumière.

Ils commencèrent à distinguer la vallée qui paraissait dormir sous un ciel vaporeux. Puis ses bosquets de jeunes sapins, ses châtaigniers avec leur nouveau feuillage bourgeonnant qui bornaient un étroit sentier menant plus loin à la Ville des hommes. Ils découvrirent, qui serpentait dans les prairies clôturées par des haies de prunelliers, le ruisseau au cours grossissant enjambé par de petites et timides passerelles de bois.

Nathanaël le Bien-aimé leur dit :

— Vous venez de quitter la région où la lumière et ses ombres sont absentes. Habituez maintenant vos yeux à la nouvelle lumière car c'est elle qui vous montrera les ténèbres. Beaucoup d'habitants de la Ville des hommes refuseront de vous croire. Peut-être même s'en prendront-ils à vous avec violence.

L'Enfant laissa planer son regard sur la vallée et nota dans son cœur que le souci de vérité lui vaudrait quelques difficiles moments de solitude.

I.21

Lorsque la nuit tomba sur la vallée nos trois compagnons ne trouvaient pas le sommeil tant la journée avait bousculé leurs anciennes habitudes. Ils se mirent à contempler les milliers d'étoiles qui semblaient clouer le Ciel. Le Mendiant accrochait son nez à toutes ces lumières quand l'une d'elle, étoile filante, traça une ligne lumineuse et passagère dans la voute céleste.

— Comment une étoile peut-elle se décrocher du ciel, le parcourir dans toute sa longueur et finir par disparaître je ne sais où ?

Nathanaël le Bien-aimé lui répondit :

— Certains hommes prétendent que chaque étoile incarne l'âme d'une personne qui a vécu. Et beaucoup parmi eux voient dans les étoiles les tombes sacrées de nos Ancêtres. Quant aux étoiles filantes, elles portent les désirs de tous ceux qui continuent et veulent vivre.

L'Enfant émerveillé fixait la voute céleste. Il nota dans son cœur qu'il resterait l'ami de toutes les étoiles filantes, de tous les vivants.

I.22

La cloche de l'école sonnait, qui attira nos trois Compagnons. Tous trois se retrouvèrent dans sa cour où beaucoup d'enfants jouaient et criaient. Une foule de parents formait un cercle autour d'eux. Le Mendiant se souvint du temps difficile où écolier il ne rencontra qu'indifférence, railleries ou jugements. Il s'adressa à la foule :

— Qu'êtes-vous venus faire ici ? Que peut bien signifier votre cercle qui ressemble au serpent qui s'enroule autour de sa proie ?

La foule se mit en colère et Nathanaël le Bien-aimé intervint plein de douceur :

— Vous avez grand besoin d'imaginer pour vos enfants des faiblesses, des troubles, des maladies aux noms très savants pour faire croire à votre bonne santé. Des difficultés de lecture quand vous ne lisez pas dans leur cœur, de calcul quand vous avez oublié de partager le pain quotidien et de compréhension, quand vos cœurs sont devenus des murailles glacées par le seul souci de vos intérêts. Vous décernez des tableaux d'honneur à ceux qui par leur conduite paresseuse déshonorent le savoir et ceux qui l'ont conquis à force de courage et de persévérance. Vous leur attribuez des mérites que même un pourceau savant refuserait. Vos écoles sont à votre image et vous, fiers de vos titres et de vos distinctions, sacrifiez dans ses enfants non seulement leur avenir mais aussi ce qu'il reste du vôtre.

L'Enfant nota dans son cœur qu'une école digne de ce nom devait avoir sa cour d'amour.

I.23

Le soir tombait sur la Ville des hommes. Cette fois c'était l'Enfant fatigué qui marchait en tête, pressé de trouver un lieu où dormir. Sur le trottoir il rencontra une famille qui profitait des dernières lueurs de la journée. Le plus vieux appelait son fils, un enfant de son âge. Le fils répondit à son père :

— Attends-moi, j'arrive.

Le père était si vieux qu'il ne put répondre à son fils, le Mendiant si étonné qu'il lança un regard interdit en direction de l'enfant.

Nathanaël le Bien-aimé s'adressa à la famille :

— Quel enfant avez-vous là, qui dès son plus jeune âge aurait dû commencer d'apprendre à attendre les jours que la vie voudra bien lui confier ? Quel enfant avez-vous fait là qui ose dire de patienter au plus ancien des Anciens ? Quelle est encore cette famille où la petite bouche se met dans le plat des grands ?

Le vieil homme se mit à pleurer doucement.

Nathanaël le Bien-aimé lui dit :

— Quelles sont tes larmes qui ne suffiront pas à laver notre terre de l'offense que nos fils font à nos Ancêtres ?

Un attroupement se forma sur le trottoir qui débordait sur la route et bloquait la circulation. Le fils était enfin arrivé pour dire :

— Je suis là, Vieux.

Nathanaël le Bien-aimé s'adressa à la foule :

— Quand vous avez oublié la terre et ses saisons, la lumière des jours dans vos industries éclairées la nuit pour produire toujours plus et partager moins, l'homme a commencé de vous manquer. Et chacun de nos enfants est un fils de l'homme. Aujourd'hui vos fils sont l'auréole de vos chaînes, et leurs sourires de froids calculs.

La foule grondait de colère.

Nathanaël le Bien-aimé poursuivit :

— Vous avez tué l'enfance, commencé d'enterrer l'avenir. Viendront les lourds et sombres tourments où les fils égorgeront leurs père et mère, où les juges seront devenus les rois d'un royaume sans âme. Viendra le temps où l'homme aura oublié qu'il est homme. Sous aucun soleil.

Quelqu'un se détacha de la foule, encouragé par ses cris, pour s'emparer de Nathanaël le Bien-aimé.

— Qui as-tu oublié d'être pour lever ainsi la main sur ton frère ? lui demanda Nathanaël le Bien-aimé.

L'Enfant nota dans son cœur que l'avenir des hommes était en train de disparaître.

I.24

Nos trois Compagnons décidèrent de se rendre au cœur de la Ville des hommes car ils souhaitaient entendre d'autres voix d'hommes, de femmes et d'enfants. Le long silence auquel ils s'étaient voués durant leur retraite rendait maintenant plus fort leur besoin de parler.

En chemin, ils croisèrent un groupe de travailleurs qui rentraient chez eux, épuisés par leur travail en Ville. Le Mendiant les salua et n'obtint aucune réponse de leur part.

Plus loin ils rencontrèrent un petit attroupement formé de femmes et d'enfants autour d'un musicien de rue qui lançait dans le vent les accords d'une mélodie très ancienne et réputée. L'Enfant émerveillé s'arrêta devant lui et commença d'esquisser quelques pas de danse qui provoquèrent rires et quolibets.

Sans s'attarder davantage, nos trois Compagnons poursuivirent leur route. Ils allaient la traverser quand survint la voiture du seul médecin de la Ville. Celui-ci avait reconnu Nathanaël le Bien-aimé et s'arrêta. Après les salutations d'usage, le Mendiant demanda au Médecin :

— Quels sont ces hommes si fatigués de leurs travaux qui ne saluent point l'homme ?

Et l'Enfant enchaîna :

— Quels sont ces femmes et enfants devenus si sourds qui ni ne dansent ni ne s'émerveillent, et se moquent ?

Le Médecin leur répondit :

— Ces hommes gagnent très durement leur pain à la sueur de leur front dans nos usines ou bureaux et leurs corps sont si éprouvés, si fatigués, qu'ils n'ont plus assez de force pour dessiner un sourire sur leur visage. Ces femmes et ces enfants n'ont point la part de vie joyeuse qui leur est pourtant due car le lancinant souci du pain quotidien ronge leur âme. Mon Art royal ne peut suffire à lui seul pour soigner ces maux dont la cause est à chercher dans la Cupidité des hommes et leur Ignorance.

Le Médecin paraissait lui-même très éprouvé par les exigences de sa profession. Le Mendiant intrigué lui dit :

— Mon Ami, toi qui soignes le corps, décides de sa bonne ou mauvaise santé, il faudrait que tu me dises encore quelle est la plus grande maladie de l'homme et quelle est sa meilleure santé ?

Appuyé sur sa canne, l'homme de l'Art royal plongea ses yeux brillant de savoirs et d'innombrables connaissances dans ceux du Mendiant qui ressemblaient à son bol d'autrefois.

— Pourquoi souhaites-tu connaître la plus grande maladie de l'homme, sa meilleure santé ? Crois-tu que ma canne ne tranche pas de manière infaillible entre ce qui est bon ou mauvais pour l'homme ?

Nathanaël le Bien-aimé se rapprocha du Médecin et de ses Compagnons. Il leur dit :

— La Ville des hommes est à leur image. Ceux qui y vivent ont bâti ce qui les détruit aujourd'hui. Leurs jardins sont clôturés comme leurs pensées, leurs chiens de garde y aboient plus fort que les rares bonjours de leurs jardiniers, leurs fenêtres fermées par des barreaux empêchent les oiseaux du ciel d'entrer dans leurs cuisines. Ces hommes ont construit eux-mêmes leur prison qu'ils décorent des bienfaits de la science. Notre Ami le Médecin ne peut rien à lui seul contre l'Ignorance et la Cupidité. Leur corps est à l'image de leur âme. Et la cause des plus grands maux de leur corps est à chercher dans leur âme.

Un chien solitaire et vagabond passa entre leurs jambes, interrompant Nathanaël le Bien-aimé. Celui-ci reprit :

— Ce qui est bon pour l'Homme n'existe pas car je n'ai jamais rencontré l'Homme mais toujours les hommes. Le miel pour l'un, s'il est souhaitable pour lui, ne l'est pas pour un autre. L'Amour pour l'un, s'il est souhaitable pour lui, ne l'est pas pour un autre car il peut donner la vie comme des raisons de tuer. De même ce qui est mauvais pour l'Homme, car je n'ai jamais rencontré l'Homme mais toujours les hommes. L'eau fraîche est néfaste pour celui qui a la fièvre et bonne pour celui qui a soif. De même le Courage pour l'un, s'il n'est pas souhaitable pour lui, l'est pour un autre car il peut tuer ou sauver.

Nathanaël le Bien-aimé s'était arrêté de parler. Il regardait les sommets des montagnes qui les entouraient, accrochant une paisible dentelle à la toge du jour. Là-bas, dans un parfait équilibre, le Ciel s'unissait à la Terre et la Terre au Ciel. Au bout d'un moment, il ajouta :

— Nos maladies sont nos tardives conseillères, nos savants médecins nos tuteurs inutiles, et nos peurs nos mauvais maîtres. Quant à nos yeux, ils voient que la montagne semble soutenir le Ciel et le Ciel la retenir ; c'est notre Cupidité qui nous illusionne pour mieux nous faire désirer posséder la Terre ou gagner le Ciel. Car il n'y a rien de séparer en toute chose. Les chevets de nos malades sont autant d'asiles où notre Ignorance trouve refuge. Chaque homme, s'il est une étrange maladie, est aussi un remède pour lui-même.

Le Médecin considéra Nathanaël le Bien-aimé d'un regard désapprobateur. Il allait se fâcher quand Nathanaël le Bien-aimé lui dit dans un sourire plein d'affectueuse reconnaissance :

— Longtemps vous avez soigné mes faiblesses et ma peau de mendiant, puis mes fièvres, mes blessures et peurs d'enfant. Aujourd'hui l'utilité de votre Art royal cesse pour mon âge. Au chevet de cet âge, vous ne trouverez aucune crainte, ni de perdre la Terre ou de ne pas mériter le Ciel, ni même celle d'essayer d'être juste.

Pour la première fois l'Enfant remarqua que Nathanaël le Bien-aimé tremblait légèrement et voulut le soutenir. Il s'approcha de lui. Ce dernier refusa son épaule bienveillante.

L'Enfant nota dans son cœur l'immense sérénité de son Maître.

I.25

La rue centrale de la Ville des hommes donnait sur une petite cour où les amoureux des livres avaient leurs rendez-vous, pour certains presque quotidiens. La librairie contenait tous les ouvrages consacrés au Arts, aux Sciences et aux Lettres rédigés par les plus érudits et grands penseurs de notre temps.

A l'entrée un pauvre en guenille tendait son bol demandant l'aumône avec insistance. Le Mendiant lui fit cadeau d'un large sourire en se souvenant de l'état dans lequel lui-même s'était trouvé quelque temps auparavant. L'Enfant songeait à ses anciens maîtres d'école. Avec Nathanaël le Bien-aimé ils poussèrent la porte, entrèrent dans la librairie et s'enfoncèrent dans ses odeurs de livres, tous rangés par discipline, par cote et en ordre alphabétique. Le libraire, un vieil homme à la barbe grisonnante, les accueillit.

— Que puis-je pour vous ? demanda-t-il ?

Le Mendiant répondit :

— Nous cherchons « *Le Jardin de la Sagesse* ».

Le vieux libraire ne s'étonna pas.

— Vous le trouverez sous le numéro 194, là-bas au fond sur votre droite, répondit-il certain de son fait avec un apparent bonheur.

Tous trois se rendirent au fond sur leur droite à la recherche du numéro 194. Le Mendiant s'agenouilla à ras de terre pour lire la cote.

— Non, là vous êtes au 193, le 194 devrait se trouver sur la rangée tout au-dessus, lui conseilla le libraire en fin géographe.

Ils y trouvèrent beaucoup de livres méticuleusement rangés, tous plus savants, plus beaux les uns que les autres mais point « *Le Jardin de la Sagesse* ».

— Je peux vous le commander, dit le libraire sur un ton très engageant, apparemment désolé. Vous l'obtiendrez rapidement d'ici quelques jours.

Le Mendiant se souvenait de sa longue aventure, du temps qu'il lui avait fallu pour oublier sa guenille et son bol, plus de quelques jours assurément.

Il répliqua :

— Ne commandez rien pour nous. La Sagesse a besoin de temps, non de cote et de trop d'ordre.

En quittant la librairie Nathanaël le Bien-aimé leur dit :

— Méfiez-vous des temples du savoir et de leurs marchands. Sachez vous arrêter sur leur parvis.

L'Enfant souriait heureux de son jeune passé.

I.26

Ce matin-là une forte agitation régnait dans la Ville des hommes. La rumeur disait que l'homme le plus puissant de toute la région venait leur rendre visite. Une foule importante s'était amassée le long de l'avenue centrale pour acclamer son Président. D'autres hommes un peu moins importants avaient fait dresser une tribune où assis ils attendaient, tandis que le peuple debout se pressait le long du trottoir espérant apercevoir la tête de leur chef.

Un roulement de tambours annonça son arrivée. Le Président apparut à l'angle de l'avenue, debout dans une voiture rutilante suivie de son Gouvernement avec ses Ministres, ses Conseillers et Gardiens de tout grade. Une immense clameur s'éleva de tous les coins de la ville. D'innombrables drapeaux agitaient la place.

Le Mendiant qui avait rejoint la foule fit signe à Nathanaël le Bien-aimé de s'approcher.

Le Président traversa la foule, monta à la tribune et s'exclama :

— Chers Citoyens, je vous remercie de m'accueillir parmi vous. C'est aujourd'hui une belle journée pour nous tous car votre présence très nombreuse témoigne de la confiance que vous m'accordez. Mon Gouvernement et moi-même ne pouvons pas agir, vos intérêts être défendus sans cette confiance. Vous êtes mon Peuple.

Nathanaël le Bien-aimé qui s'était tenu à l'écart s'avança vers la foule et lui dit :

— Vous êtes le Peuple et n'appartenez à personne. Gardez votre confiance pour vous seul. Ne croyez pas ceux qui disent vous aimer quand ils commencent par vous déposséder de ce bien, l'un des plus précieux. Car ensuite ils élèvent des clôtures et des murs de prison, promulguent des lois qui sont vos nouvelles chaînes, vous dépouillent de votre terre et de ses fruits, construisent leur palais sur les ruines de vos illusions. Et quand ils ont fini de vous entasser dans la Vallée des hommes, ils viennent comme aujourd'hui faire semblant d'écouter vos supplications pour être sauvés. Sauvez-vous de vous-même.

Des gardiens entourèrent Nathanaël le Bien-aimé pour s'emparer de lui. Il leur dit :

— Qu'êtes-vous devenus pour m'empêcher de parler ici ? Avez-vous oublié votre Parole, votre autre bien le plus précieux, pour vouloir aujourd'hui me confisquer la mienne avec tant de violence ? Ne voyez-vous pas que vous troublez ainsi le véritable ordre public et qu'il faudra demain d'autres gardiens, d'autres violences pour vous garder à votre tour ?

Le Président se tourna vers l'un de ses Conseillers et voulut savoir qui était cet homme qui bravait son pouvoir.

— C'est Nathanaël le Bien-aimé, celui qui, il y a bien longtemps de cela, a abandonné sa guenille et son bol, puis quitté nos écoles et leurs maîtres, délaissant son ardoise et sa craie, l'informa le Conseiller.

— Qu'on l'enferme ! ordonna le Président.

C'est ainsi que Nathanaël le Bien-aimé passa sa première nuit en prison.

L'Enfant nota dans son cœur qu'il n'y a pas de vrai pouvoir sans la Confiance et la Parole.

I.27

Dans la pénombre de la prison, Nathanaël le Bien-aimé reconnut le vagabond qu'avec ses deux Compagnons ils avaient croisé quelques jours plus tôt devant la librairie.

— Que fais-tu là ? Est-ce en prison qu'on demande l'aumône ? lui demanda Nathanaël le Bien-aimé.

— J'avais faim et soif, lui répondit-il d'une voix fatiguée.

Le mendiant voulut lui céder sa couche, le seul endroit où perçait un timide rayon de soleil.

Nathanaël le Bien-aimé refusa et lui dit :

— Garde ta place au soleil pour mieux voir quelles sont tes véritables faims et soifs, mieux voir aussi ton orgueil à travers les trous de ta guenille. Alors peut-être cesseras-tu d'être un mendiant pour devenir un enfant.

Nathanaël le Bien-aimé s'allongea à même la pierre et s'endormit rapidement.

Dehors, l'Enfant patientait. Il nota dans son cœur que l'Ami véritable n'est jamais absent.

I.28

Le bruit grinçant que fit en s'ouvrant la lourde porte de la prison réveilla Nathanaël le Bien-aimé. Le geôlier se tenait devant lui pour l'emmener au Palais de Justice à côté de la Place du marché où une foule impressionnante avait déjà pris place.

Dans la salle d'audience siégeaient sur une haute estrade le Juge habillé de sa toge d'hermine et de nombreux accusateurs, parmi eux ses anciens maîtres d'école, des parents d'élèves, des hommes de Lettres et de Sciences et des religieux de toutes croyances.

Le Juge lut la longue liste des actes d'accusation.

— Vous êtes accusé d'outrage à vos anciens maîtres d'école, de calomnies et de diffamations contre d'honorables parents, de mépris contre nos plus illustres savants et d'impiété.

Nathanaël le Bien-aimé se leva pour écouter ses accusateurs.

Le Représentant des maîtres d'école déclara le premier :

— Du temps où il fut notre élève, jamais il ne manqua de recevoir nos enseignements et cela toujours avec un profond respect pour ses maîtres et ses camarades. Chaque jour de sa présence sur les bancs de nos écoles était un jour béni pour nous tous. Tout changea après qu'il eut décidé de nous quitter. Il avait rejoint ceux qui travaillent dans nos usines pour ensuite, bien plus tard, quitter la Ville des hommes accompagné d'un mendiant et d'un enfant. A son retour, il vint dans notre cour d'école devant l'assemblée des parents nous accuser de manquer de cœur et de véritable culture, d'imaginer des maladies à nos écoliers pour mieux nous faire passer comme des tuteurs responsables, de décerner des distinctions et tableaux d'honneur à ceux qui par leur paresse déshonorent le savoir. Pis encore, il jeta l'opprobre sur toute la profession en nous accusant de ne servir que nos intérêts personnels au mépris de l'avenir de nos écoliers.

Dans la salle un brouhaha de colère traversa le public. Le Juge exigea le silence et la sérénité. Puis il donna la parole à Nathanaël le Bien-aimé.

— Du temps où je fus votre élève, jamais je n'ai manqué de recevoir tous vos enseignements avec un profond et reconnaissant respect comme l'abeille reconnaissante à la fleur fait le miel de son pollen. Car c'est ainsi que doit être un élève. Mais depuis, les temps ont changé. Vos élèves n'en sont plus car ils ne veulent même plus recevoir votre enseignement, ne veulent plus s'élever dans l'esprit et l'intelligence des choses de ce monde. Ils méprisent les fleurs et leur don. Et vous qui avez déserté et abandonné votre véritable et noble autorité de maîtres, lui préférez maintenant les commodités faciles de votre vie quotidienne et accommodements de vos administrations. En effet du temps où je fus votre élève, vous n'aviez pas besoin d'être représentés. Votre autorité se nourrissait des soifs de connaissances de vos élèves, de leurs efforts quotidiens. Vous ne craigniez et ne combattiez que l'ignorance. Aujourd'hui vous m'accusez d'outrage à votre fonction quand c'est vous-même qui la méprisez et l'outragez.

Un lourd silence s'ensuivit. Le Juge donna la parole au Représentant des familles.

— Cet homme nous accuse d'avoir oublié nos devoirs de parents au profit du seul souci de notre confort de vie personnelle, de ne plus consacrer un peu de temps et d'amour à nos enfants, de ne plus les élever dans la culture de l'effort et pire encore, de ne pas exiger dès la première enfance le respect qu'ils nous doivent. Il nous accuse de les ramollir, d'en faire des êtres au cœur et à l'esprit confus, des êtres incapables de s'étonner, des hommes veules. Il nous prédit le temps où nos fils égorgeront leurs père et mère.

Ces déclarations déclenchèrent un tumulte de cris de colère dans la salle. Le Juge exigea à nouveau le calme et la sérénité. Il donna la parole à Nathanaël le Bien aimé.

— Les enfants dès leur première enfance s'habituent à ce qu'ils voient, entendent et touchent. Et que voient-ils ? Ils découvrent leurs aînés toujours insatisfaits de ce qu'ils possèdent, désirant toujours davantage de biens qui, une fois acquis, sont aussitôt remplacés par d'autres qu'ils imaginent meilleurs. Ils consacrent ainsi tout leur temps, tous leurs moyens à rechercher le meilleur du meilleur négligeant de l'accorder à leurs enfants. C'est ainsi que leur maison regorge de richesses ou pauvretés inutiles et vaines quand le cœur de leurs enfants reste vide. A force et en grandissant, ce qu'ils voient leur paraît vrai et pour eux, beaucoup posséder signifie être heureux. Ils ne savent même pas offrir un cadeau car personne ne leur a enseigné comment faire un cadeau à l'aide de leurs mains maladroites et de leur grande imagination. Il leur faut acheter le plus possible pour paraître heureux et puissants. Et quand ils atteignent l'âge de leurs aînés ils sont gorgés d'illusions, pleins de prétentions et d'insatisfactions. Au cœur de votre monde sans cœur, ils vieillissent avant l'âge finissant par ne plus rien vouloir.

Nathanaël le Bien-aimé se tut un instant et laissa son regard planer sur l'assemblée très en colère.

— Et qu'entendent-ils ? Ils entendent votre mépris de la vie quand vous leur dites qu'il faut travailler pour posséder beaucoup. Vous méprisez le travail car vous le réduisez à la recherche éperdue de biens inutiles détruisant tout sur son passage, quand il devrait être ce qui unit les hommes et rendre notre terre habitable. Vos magasins sont les temples de vos erreurs et mensonges, et vos banques leurs autels sans âme.

Nathanaël le Bien-aimé fut brutalement interrompu par les cris de colère du plus grand banquier de la place. Il s'adressa au banquier.

— Que te sert-il de vendre de l'argent à ceux qui ont oublié de partager le pain et l'amitié ? Que te sert-il d'amasser des fortunes quand tu as perdu ton âme ? Ne sais-tu pas que 1 + 1 ne fait pas toujours 2 ? Que tu n'emporteras pas ta dernière chemise avec toi ? Quelle école as-tu oublié d'abandonner pour te mettre enfin à celle de la vie ?

La foule était médusée. Nathanaël le Bien-aimé reprit :

— Et que touchent vos enfants ? Vos petits derniers connaissent-ils le parfum des fleurs ? Peuvent-ils encore boire l'eau de vos ruisseaux ? Tresser des couronnes d'herbes sauvages pour les déposer sur la tête de leurs premières amours ? Se moucher dans les étoiles ? Ecouter les messages du Ciel portés par le vent ? Remercier l'abeille en aimant son miel ? Apprivoiser la nuit au milieu de vos fausses lumières ? Choisir à la croisée des sentiers celui des fleurs sauvages ?

Le Juge s'impatientait. Depuis quand la cour d'un tribunal de Justice pouvait-elle rassembler tant de questions auxquelles personne ne souhaitait répondre ? Il donna la parole au Vicaire-général.

— Cet homme est l'ennemi de notre Dieu, de notre Religion et de nos Fidèles. De notre Dieu il dit qu'Il est fait d'illusions, de notre Religion qu'elle est bâtie sur des mensonges, et de nos Fidèles qu'ils sont crédules et dupés.

Nathanaël le Bien-aimé prit la parole :

— Dieu, s'il existe, ne nous appartient pas. Encore moins peut-il nous ressembler. Votre Religion n'est pas celle du Cœur. Vous l'avez mise à votre service qui prétend punir quand cela vous arrange ou inciter les plus démunis à l'Espérance quand vous leur avez déjà tout pris. Et vos Fidèles sont d'abord aveuglés par vos paroles de terreur qu'ensuite vous masquez habilement par de bonnes nouvelles qu'ils ont besoin de croire. S'il doit y avoir une Religion, que ce soit celle du Cœur et non celle de vos ambitions et cupidités.

La foule trépignait de rage.

Nathanaël le Bien-aimé s'adressa au Juge :

— Quelle raison pouvez-vous évoquer pour condamner un homme qui ne voit le Bien que dans le respect et l'amour que les parents doivent à leurs enfants et ceux des autres ? Quelle autre raison pouvez-vous citer pour condamner un homme qui n'a jamais manqué de respect et de reconnaissance à ses anciens maîtres et qui dit aujourd'hui devant vous tout son amour du Savoir et de la Connaissance ? Enfin quel homme fait-il preuve d'impiété quand il affirme que la Religion est celle du Cœur et que Dieu, s'il existe, reconnaîtra les siens ?

Le Juge était fort embarrassé et décida de suspendre l'audience. Le jugement serait rendu dans trois jours. En attendant, il ordonna que Nathanaël le Bien-aimé soit reconduit dans sa cellule.

I.29

Nathanaël le Bien-aimé retrouva sa cellule avec le vagabond assis sur sa couche. Sur son visage éclairé par un rayon de soleil roulaient de grosses larmes.

— Pourquoi pleures-tu ainsi quand le soleil illumine ton visage ? lui demanda doucement Nathanaël le Bien-aimé.

— Ils ne t'ont pas condamné ?

— Pas encore, répondit Nathanaël le Bien-aimé.

— J'ai peur pour toi, qu'ils te bannissent peut-être même te condamnent à mort. Depuis le trottoir où je mendie chaque jour, j'ai eu assez de temps pour observer la dureté de leur cœur. J'ai observé le regard fuyant de leurs enfants, éprouvé la cruauté de leur indifférence. Et s'il t'arrive malheur, qui d'autre que toi partagera ma solitude et mon isolement ?

Le mendiant se remit à pleurer de plus belle.

— Quelle est cette peur de te retrouver seul avec toi-même ? Ne crains rien pour moi. Quand l'heure sonne, il faut être là, présent, debout et digne. Ce qui t'afflige aujourd'hui fait partie de ton chemin. Nul doute que tu sortes de cette prison, la pire étant celle que tu te construis toi-même et ses barreaux sont tes inquiétudes.

Le mendiant avait cessé de pleurer. Son regard suspendu à celui de Nathanaël le Bien-aimé s'était mis à briller. Il ajouta d'une voix pleine de mystère :

— L'Enfant viendra te chercher.

A l'extérieur l'Enfant patientait sachant que trois jours valaient autant qu'une vie tout entière.

I.30

Le deuxième jour de prison passa, apparemment ordinaire. Le vagabond ne pleurait plus. Nathanaël le Bien-aimé gardait le silence. Assis sur sa couche, le fidèle rayon de soleil rebondissait dans la mer de ses yeux qui débordait les murs de sa prison.

Dehors l'Enfant observait le Ciel, les yeux de Nathanaël le Bien-aimé.

I.31

Le troisième jour, le Juge fit amener Nathanaël le Bien-aimé. Dans la grande salle du Palais de Justice, devant une immense et impatiente foule, il annonça plein d'autorité :

— Cet homme est un fou. Nous devons protéger nos enfants, leurs parents, nos écoles et leurs maîtres, notre religion et notre pouvoir. Qu'on l'enferme tant que durera sa folie.

Nathanaël le Bien-aimé qui s'était levé, écouta impassible ce verdict. Quand le Juge lui demanda quel était son dernier souhait, il répondit :

— Que le Mendiant devienne un Enfant, et l'Enfant un Fou.

La nouvelle se répandit dans toute la Ville des hommes. Nathanaël le Bien-aimé était un fou et resterait enfermé tant que durerait sa folie.

L'Enfant regarda Nathanaël le Bien-aimé très affaibli qui lui souriait. Il nota dans son cœur que son chemin continuait.

I.32

Dans sa prison, les forces de Nathanaël le Bien-aimé s'épuisaient. La rumeur courait dans la Ville des hommes que le Fou se mourait dans sa cellule.

Au crépuscule, le Mendiant et l'Enfant lui rendirent visite.

Le Mendiant soutenait maintenant Nathanaël le Bien-aimé. Ses forces déclinaient à vue d'œil comme pour chaque fin de jour où le soleil décroît. Nathanaël le Bien-aimé s'était couché quand il appela les siens.

— Mes Compagnons, mes Amis, mes Frères le temps est venu pour moi de vous quitter. Sans regret ni déshonneur. Vous m'aurez tout appris, depuis notre retraite jusqu'à ce jour que le Ciel me confie encore. Je n'ai peut-être pas toujours été juste avec vous mais je me suis toujours efforcé de l'être. Je n'ai peut-être pas eu assez de force pour vous soutenir mais j'ai toujours voulu les partager avec vous. Je n'ai peut-être jamais été riche quand un morceau de pain partagé avec vous me semblait honorer la table d'un royaume éternel. Je n'ai peut-être pas pu faire pour vous ce que votre dignité exigeait mais j'ai toujours tenu à faire le bien quand je le pouvais. Ne jugez pas l'homme car ceux qui jugent sont incapables d'aimer.

Le Mendiant pleurait doucement.

Nathanaël le Bien-aimé lui dit :

— Qu'as-tu fait de ta guenille, de ton bol ? De ton âme ? Toi seul le sais. Souviens-toi et médite.

Puis il se tourna vers l'Enfant. L'Enfant lui fit cadeau d'un étrange et lumineux sourire. Nathanaël le Bien-aimé lui dit sa Joie. Et il ajouta très faiblement :

— Te souviens-tu encore de ton école, de ton ardoise et de ta craie ?

L'Enfant s'était mis à rire.

Nathanaël le Bien-aimé lui tendit sa main. Ils se regardèrent dans les yeux. Une dernière fois. Dans la nuit silencieuse qui s'abattit sur la Ville des hommes, Nathanaël le Bien-aimé passa à l'Orient éternel.

L'Enfant se tourna vers son Cœur pour trouver une consolation à la perte de son Maître

— Tu seras mon successeur, lui avait confié autrefois le vieil homme.

EPILOGUE

Ce jour-là, il régnait une lumière étrange. Personne ne lui prêta attention. L'Enfant léger et plein de grâce n'avait pas pleuré. Serein et plein d'Espérance, il venait de reconnaître dans le vagabond de la cellule le Mendiant qu'il avait été, prêt à abandonner sa guenille et son bol. Et dans le Mendiant, son vieux Compagnon de route maintenant devenu Enfant, l'Enfant qu'il avait aussi été, désireux de Savoir et de Connaissance.

Il ne nota rien dans son Cœur et songea que demain dès l'aube, il irait chercher ses nouveaux Compagnons et leur dirait :

— Choisis notre chemin si tu crois qu'il t'appartient de le choisir, ami Mendiant.

Et à l'Enfant :

— Apprenons toutes les sciences si tu crois que notre Connaissance sera un jour complète.

Le lendemain dès l'aurore, il s'en alla retrouver les siens et leur dit plein d'affection :

— Il est temps de partir. Marchons ensemble découvrir ce qui est aussi vaste que notre Cœur, le Jardin de la Sagesse.

LIVRE II

LE FILS DE L'HOMME

PROLOGUE

Pas moins de trente trois années s'étaient écoulées quand les habitants de la Vallée des hommes connurent le retour du fils de Nathanaël le Bien-aimé, qu'ils surnommèrent plus tard par dérision le Fils de l'Homme.

— *Je suis venu vous parler de vos nouvelles solitudes, de vos maladies et jouissances impuissantes, briser vos anciennes tables des valeurs et toutes vos idoles pour vous annoncer la nouvelle Loi,* leur disait-il et il ajoutait :

— *Il n'y a pas d'homme accompli, il n'y a que l'accomplissement de l'homme.*

PREMIERE PARTIE

L'ANTECHRIST

II.1

Cette aurore-là, un ciel marbré pesait de tout son poids sur le Portique de la Vallée des hommes. Adossé contre l'une de ses colonnes d'airain, le Fils de l'Homme arborait un sourire de feu. Les derniers éclairs d'un violent orage achevèrent d'illuminer son visage.

Entre deux éclairs, le gardien reconnut le Fils de l'Homme.

— Quelles sont ces nuées menaçantes qui te portent parmi nous après une aussi longue absence, interrogea-t-il. Ton père Nathanaël le Bien-aimé nous a quittés bien après que tu nous as eu abandonnés. Dans notre Vallée tout le monde t'a attendu au-delà de toute espérance. Ta mère est morte de chagrin quand ton père devenu fou mourut paisiblement en prison.

— Je sais tout cela, répondit le Fils de l'Homme. Je sais aussi combien vous chérissez vos mères non point par amour mais par complicité ou besoin d'être protégés. Vous respectez vos pères qui vous supportent à l'image de ces tuteurs que le jardinier le plus consciencieux ne manque jamais d'attribuer à ses plantes les plus faibles. Votre respect pour eux n'a d'égal que votre soumission craintive face à l'avenir. Vos familles sont des creusets où fondent toutes vos énergies dès leur plus jeune âge, où tous vos désirs diminuent, finissent par s'étouffer et s'éteindre dans la prétention de vos sagesses castratrices et sous la coupe de vos lois arrogantes, expressions de votre impuissance à gérer la vie elle-même. Derrière vos murs et vos portes closes la joie est désormais absente, vos fils et vos filles y apprennent à serpenter, rampant lourdement entre vos droits et vos devoirs sans fin.

Stupéfait le gardien recula, cédant le passage au Fils de l'Homme.

— Mesure tes souvenirs comme tes pensées, lui dit-il, tournant dans sa direction son front intrépide. Peut-être comprendras-tu alors que le temps est venu…

La fin de sa phrase se confondit avec le dernier coup de tonnerre. Reprenant sa marche, la silhouette massive du Fils de l'Homme disparut au bout de l'étroit sentier qui descendait en direction de la Vallée des hommes.

II.2

Le Fils de l'Homme trouva la ville tout en émoi. Ses habitants venaient de perdre l'un des leurs. Ils s'étaient tous rassemblés au cœur de la grande place de l'Hôtel de ville, autour de la dépouille de leur plus ancien et vénérable notable exposée sur un catafalque majestueux ornementé de tentures aux couleurs vives et violacées. Les premiers rayons de soleil commençaient à réchauffer la terre qui exhalait de légères et diaphanes vapeurs. On eut dit les voilures d'un étrange navire désespérément immobile, amarré au milieu de la foule anonyme et silencieuse. A sa proue veillait une jeune fille que le Fils de l'Homme trouva belle.

Il allait s'en approcher quand l'une des vieilles le reconnut en premier.

— N'es-tu pas l'enfant de Nathanaël le Bien-aimé, le Fils de l'Homme ? Que viens-tu faire ici après de si longues années d'absence, ce jour, à cette heure si triste pour nous tous ?

— Ma mère, lui répondit le Fils de l'Homme, qu'importe le temps de mon absence. Ton âge avancé ne t'a-t-il pas enseigné les vertus de l'oubli ? Sais-tu de quels malheurs innombrables te comble ta mémoire ? C'est elle qui t'accorde tes regrets, la douleur de tes remords, les peines de tes désillusions, enchaîne infailliblement ton présent à l'avenir et au passé. Tu te souviens ou espères quand tu as oublié de vivre.

La vieille ne put retenir un cri de désapprobation qui ameuta une partie de la foule. Encerclé, le Fils de l'Homme leur dit :

— Vos deuils sont à l'image de vos vies. Vous y partagez le pain ranci de vos rancunes insondables ou de vos sordides calculs, de vos âcres ressentiments que vous enrobez du miel de vos compassions impuissantes ou de vos dangereuses pitiés.

Désignant la dépouille d'un regard plein de mépris, il ajouta :

— Voyez plutôt ce catafalque, ridicule et dérisoire ornementation d'un frêle esquif échoué sur les rivages de votre impuissance à vivre, que personne ne commande, où personne n'obéit plus. Voyez le visage noueux de votre vieux qu'aujourd'hui les francs rayons du soleil balayent avec une belle et insolente indifférence !

La voix du Fils de l'Homme portait maintenant au-delà de la place tout entière faisant déguerpir en tout sens ses pigeons effrayés. Les arbres eux-mêmes paraissaient trembler, leurs feuilles laissant tomber en guise de larmes quelques gouttes de rosée sur le pavé glacial.

— Où trouverez-vous la source de vos joies quand vous ployez sous le charge de vos souvenirs, si vous n'apprenez sans regretter ni espérer à voler des ailes de l'oubli ? Oubliez vos pères et vos mères, vos fils et vos filles, votre propre enfance, tous leurs longs et interminables cortèges d'événements, ces lourdeurs qui gangrènent vos esprits et paralysent vos désirs ! Soyez sans histoire ! Inactuels ! Mais toujours présents car de votre premier jour jusqu'à votre dernier, cela ne fait qu'un seul et unique jour ! Tout y est contenu !

Soudain les lourds roulements d'un tambour couvrirent la voix du Fils de l'Homme. Dans l'épaisseur vibrante et électrique de l'air, la foule pouvait voir ses yeux jeter des éclats de feux. Le tambour se tut. S'ensuivit un long silence. Absolu. Les cris de mécontentement d'un enfant maladroit rompirent cette solennité tandis que son ballon achevait mollement sa course au pied du catafalque solitaire.

Le Fils de l'Homme éclata de rire. Il leur dit :

— L'enfance joue et tous ses jeux finissent un jour aux bordures de vos catafalques. Apprenez à surmonter votre mépris de la vie par l'insouciance.

Dans la foule une jeune fille qui s'était éloignée du catafalque, regardait le Fils de l'Homme. Leurs regards se croisèrent en une étrange parole. Il reconnut celle qui, jadis, lui avait dit :

— Je ne t'oublierai jamais.

La foule était médusée. Le Fils de l'Homme lui tourna résolument le dos. Sa haute silhouette disparut légère et dansante, loin derrière le sombre catafalque solitaire pour se fondre dans la lumière maintenant éblouissante d'un plein soleil.

II.3

La pluie n'avait pas cessé de tomber durant toute la nuit. Ce matin-là, la source gonflée de nouvelles eaux les distribuait généreusement aux habitants de la Vallée des hommes. Le Fils de l'Homme s'y lava les pieds tout en pensant que bientôt ceux d'en bas boiraient à ses pieds à défaut de comprendre ses paroles.

L'aurore m'éveille quand déjà le crépuscule m'attend, songeait-il. Un chemin, toujours nouveau, guide mes pas dans ma vie d'homme parmi les hommes. Mon cheminement me révèle à eux, me dévoile à moi-même.

Une nouvelle patrie m'accueille. Je l'habite provisoirement. Cette ancienne terre de mes pères, encore inhabitable pour moi, enfante nos fils dont les pas dessinent de nouveaux chemins qu'ils méconnaissent. Ils ne savent pas encore qu'ils sont des conquérants, que leurs pieds encore et malgré tout fragiles, heurteront d'innombrables et d'innommables pierres. « *Les coups de la fortune* », leur arrive-t-il de susurrer. Aucune d'entre elles ne manquera d'éprouver sans relâche leurs forces tantôt croissantes, tantôt déclinantes. Ainsi sont toutes joies et tristesses !

A chaque fois il leur faudra reprendre la marche, sérieusement ou légèrement, selon les humeurs du Ciel qu'ils adorent ou les nouveaux commandements de leur prétendue sagesse.

Je vois qu'il leur arrive parfois de sourire quand les vents se lèvent, mais trop rarement ! Ils n'affectionnent aucune lutte, aucun combat pour aucunes causes qu'ils ont depuis longtemps perdues, incapables aussi d'en imaginer de nouvelles ! Et quand tout l'univers semble s'armer contre leurs derniers rêves les plus moribonds, quand déjà ils pressentent et commencent de savoir qu'il leur faudra tenter de résister, ils s'agenouillent sans la moindre pudeur devant des idoles de sable. Sans esprit, ils se trainent de jour en jour, semant ici et là sur les chemins de leur errance quelques nouveaux enfants du vide. Ils ont cessé d'aimer la terre, de vouloir, d'espérer et continuer de croire en la promesse de ses plus beaux fruits. Ils gémissent, geignent et se plaignent.

Aucun d'eux ne joue des rayons que le soleil lui accorde pour tracer le cercle grandissant de son existence. A mille lieues de leur centre, ils ont cessé d'être maître, oublié la profondeur ou la hauteur de toutes créations.

Viendra-t-il ce jour de grande Humanité où chacun sera véritablement devenu l'allié de son contraire, l'unique de ses audaces ou ruses, le cœur de tous ses courages ou faiblesses surpassées, l'Homme de tous les hommes qui l'habitent ? Non plus seulement la mesure de toutes choses mais aussi de toutes créations !

II.4

Pour cette nouvelle journée le Fils de l'Homme avait choisi de ne pas rejoindre les habitants de la Vallée, de rester sur les hauteurs, assis sur son rocher d'où il pouvait voir ce que nul homme n'avait encore entraperçu ni oser imaginer.

L'Amour, songea-t-il, n'est pas une vertu encore moins un vice. Il est une force originelle et fondatrice de la nature toute entière au service de la vie, de sa prolongation, de son accroissement, de sa diminution, parfois aussi de son reniement, de son implacable destruction. Son feu brûle indifféremment le bon ou le mauvais bois et sa cendre n'a pas de goût.

Doucement sa voix se fit entendre, au milieu de personne.

— Véritable puissance de vie, il impose ses guerres et ses haines. Vous qui recommandez de pratiquer l'amour tout en rejetant ses ruses et ses haines, n'avez-vous pas encore remarqué que les haines les plus tenaces, les passions les plus brûlantes, les plus spiritualisées, s'enracinent dans les cœurs les plus profonds, les plus endurcis ? Sa puissance unit, sépare, divise et réconcilie. Tout cela à la fois. En silence, bruyamment ou dans le secret de ses détours, elle conquiert, spolie, rejette et possède indifféremment les êtres et toutes choses.

Le Fils de l'Homme tourna son regard en direction de la Vallée des hommes. D'une voix plus forte qui tremblait à présent, ils leur dit sachant qu'il faudrait beaucoup de siècles pour que ses échos parviennent à leurs oreilles depuis longtemps couchées :

— En effet, aimez-vous les uns les autres, dites-vous à vos enfants. Mais qui aujourd'hui parmi vous est encore capable de mener ses guerres victorieuses et impitoyables, de bâtir ses haines impériales avec légèreté et grâce, d'exiger ses séparations sans attendre ni rémission ni pardon, d'imposer de nouvelles paix toujours précaires, de s'accaparer sans honte le bien d'autrui, de mentir aussi gaiement que de dire gravement la vérité ? En un mot de jouir de tout son amour ?

Chaque mot avait durement martelé le ciel qui demain s'effondrerait en lambeaux de désillusions sur les têtes de tous les habitants de la Vallée. Viendrait le temps du désenchantement et du grand désarroi. Le Fils de l'Homme en était persuadé.

II.5

Assis sur le gros rocher d'où sourdait généreusement la source, le Fils de l'Homme contemplait la Vallée des hommes. Son cœur se serrait à la vue de ce que ses habitants étaient devenus. Envahi par une sourde colère il se souvenait de ce temps glorieux où les désirs des hommes étaient si nombreux que leur vie s'écoulait en luttes perpétuelles pour la reconnaissance des plus puissants d'entre eux. Ils avaient les oreilles et l'ingéniosité de leurs désirs. C'est ainsi qu'ils avaient inventé la vitesse, leurs techniques, leur outillage et toutes ces sciences leur servant à dominer la nature. Les grandes joies de leurs arts aussi dont la musique, avec ses sons plus rapides que le vol de l'aigle solitaire aux sommets de ses cieux, ses harmonies qui enivraient leurs désirs victorieux et les faisaient danser lors d'étranges fêtes nocturnes. En liesse, ils allumaient tant et tant de feux que la nuit s'embrasait, léchant de ses flammes la voûte céleste tout entière comme exaltée et pourtant soumise. Elle jetait à leur pied ses milliers d'étoiles qui ouvraient leurs nouveaux chemins de conquêtes. Inlassables conquérants, ils avançaient toujours sur de nouvelles terres inconnues. C'est dans l'adversité que la force de leurs désirs brillait davantage encore. A ces moments d'extrême luminosité, personne n'aurait pu dire qui, du Ciel ou de ces hommes, l'emportait. Ces chevauchées fantastiques bousculaient toute la créature et finissaient pour les plus parfaites d'entre elles, sereines et calmes, aux limites de nouvelles aurores boréales.

Aujourd'hui le Fils de l'Homme voyait la puissance de leurs désirs décliner, de nouvelles surdités apparaître tandis que l'ignorance, la lourdeur et la lenteur gagnaient leurs esprits. Leurs corps avaient pris les formes de leurs pensées, s'étaient arrondis, alourdis péniblement faisant disparaître la grâce et l'agilité de leurs mouvements d'antan. Ils s'étaient piteusement amoindris, ramollis. Mollusques décrépits, ils se nourrissaient des résultats de fastidieux calculs de pourcentages où glucides, protides et lipides se disputaient la primauté. Nourritures sans goût, sans style et sans puissance ! Leur santé, jadis en appétit, florissantes, pleines de gaieté et d'inlassables jouissances, exprimait maintenant un ennui tortueux, sournois et sinistre que les grands événements de la vie ne parvenaient pas à rompre. Installés, recroquevillés dans les douceurs assassines de leur confort, la beauté avait entièrement disparu, s'était retirée de leur vie parsemée de désolations. Et avec elle toutes possibilités de rédemption ! Seuls les enfants batifolant dans l'insouciance de leurs jeux, semblaient pouvoir échapper à cette étrange destinée. Un trop court instant de leur existence, regrettait douloureusement le Fils de l'Homme, car très rapidement, immanquablement, ils rejoignaient le troupeau discipliné de leurs aînés avachis, résignés et gloutons. C'est ainsi que s'étouffaient une à une toutes les forces de leur vie sans que personne n'y prêtât la moindre attention, ne manifestât un quelconque sursaut de fierté ou révolte.

Pour continuer de faire accroire ou de croire en leur puissance, ils avaient inventé de nouvelles et piteuses dictatures qu'ils appelaient pompeusement démocraties où le pouvoir du peuple rejoint la tyrannie de l'incompétence. Ils bataillaient régulièrement pour elles, retranchés dans l'ignorance, s'armant des lâchetés de leurs faiblesses dans d'interminables débats, s'unissaient en rangs serrés qui bridaient leur imagination. Leurs regards remplis d'avidité et de cupidité, toujours baissés, ne portaient pas plus loin que leurs ombres rampantes qui leur faisaient préférer l'humilité aux hardiesses. Leurs courtes vues résignée n'entrevoyaient aucun avenir glorieux où de nouvelles conquêtes eussent pu revigorer leurs forces. Impassibles, ils n'osaient plus, délaissaient toutes entreprises audacieuses, leur préférant les mollesses de la tolérance qu'ils avaient depuis longtemps érigée en vertu cardinale.

Ils abritaient et cachaient leurs nouvelles solitudes dans des quartiers où s'entassaient, s'agglutinaient de minuscules maisons aux murs de mêmes couleurs, toutes sinistrement et géométriquement identiques. « *L'œuvre de la raison* », disaient avec orgueil leurs savants urbanistes. Invariablement aux mêmes heures de la journée ou de la nuit que signalait à tous le hurlement strident et glacial d'une sirène, une marée humaine, grouillante, anonyme et aveugle se déversait, grossissait puis se diversifiait tels les affluents d'un puissant fleuve gluant et visqueux, empruntant ci où là de monotones, très droites et strictes allées. De temps en temps une voix fusait de ces paquets d'hommes feints qui serpentaient en lugubres cortèges sans que personne n'en puisse comprendre le sens. « *Chacun pour soi, chacun chez soi* », se répondaient-ils quand il leur arrivait de se parler, de plus en plus rarement. Leurs longues marches ressemblaient à celles de bagnards exténués par l'absurdité de leur condition. Le Fils de l'Homme y voyait là des sortes d'ultimes promenades qu'on accorde aux condamnés à mort.

Pourtant à leurs yeux tout allait bien. Leurs usines tournaient à plein régime quand leurs églises débordaient d'immondes et pestilentielles croyances. Ils y produisaient de la richesse par leur labeur interminable, dépensant une incroyable quantité d'énergies nerveuses, toujours plus appauvris, plus enchaînés aux fictions d'un Age d'or passé ou à la promesse d'un paradis à venir. Régulièrement, l'un ou l'autre épuisé manquait d'espérance et dans un dernier sursaut de ce qu'il croyait être sa dignité, tressait méticuleusement la corde qui finissait par le pendre. La rumeur disait que quelques jours auparavant, l'un de ces pendus, bien plus que résolu, avait pris tant de soin à tresser sa corde qu'il en avait presque oublié de se pendre et que, par solidarité, il dût sa définitive et somme toute honorable sortie à l'intervention bienveillante et républicaine de son seul ami.

Le Fils de l'Homme s'attristait de ce que les habitants de la Vallée avaient fait de l'amitié : un vaste complexe de pitoyables complicités oublieuses de toute fidélité dont l'obscure et moribonde loyauté faite de sordides calculs conduisait inéluctablement chacun d'eux aux ultimes et funestes conséquences de sa détresse.

Ayant renoncé à construire quelque tour qui atteindrait le zénith, à rivaliser avec leur Dieu de fiction si consolateur pour eux, ils avaient pris soin d'unir tous les restes de leurs forces, tous leurs efforts parcimonieux selon leur vision désormais sans profondeur, plate et indifférente. Ils étaient parvenus à abolir toute distance entre eux sans pourtant jamais se rencontrer. Proche ou éloigné, ces mots n'avaient plus de sens pour eux, pas plus que le respect. Seule la promiscuité les rassemblait selon les convenances de n'importe quel troupeau. Munis de leurs puissantes techniques ils avaient réduit le monde aux proportions d'un petit jardin monotone et plein d'ennui où tentaient difficilement de pousser quelques très rares fleurs, aux allures héroïques et insolentes, dressées telles des croix de couleurs vers le soleil confisqué : leur dernier défi à la beauté ! Si tous pouvaient se parler à tout moment, sans difficulté et pour les seules nécessités de leur commerce, industrie ou administration tentaculaires, aucun d'entre eux n'éprouvait plus les joies, les duretés d'une relation faite de sympathies exigeantes et d'euphoriques guerres. Ils pouvaient prétendre gagner en quelques instants et de par le monde des centaines d'amis quand une vie entière ne suffisait pas toujours à rencontrer un seul et véritable ami. La chair de leur cœur s'était volatilisée, avait disparu derrière la brillance de leurs écrans plats à cristaux liquides, fondu au plus profond de leurs intelligences artificielles. Fascinés par leur toute dernière invention, ils n'imaginaient pas avoir mondialisé l'isolement et la mort.

Et lorsque, comme si souvent, l'un des leurs mourait d'épuisement car trop riche de possessions illusoires et si pauvre de soi, ils se disaient dépourvus de toute émotion : « *La vie n'était pas facile pour lui. Que la terre lui soit accueillante.* » Ils n'affectionnaient plus la terre que comme un dernier et inespéré refuge qu'ils hérissaient de croix de toutes sortes, à chaque fois bénies lors de cérémonies pompeuses par les ridicules balancements de goupillons insolents. C'est ainsi que les églises regorgeaient de ces fugitifs et prospéraient sur les décombres de leur existence terriblement ennuyeuse et parfaitement réglée.

II.6

Le soleil avait choisi de laisser ses rayons accompagner le Fils de l'Homme. Dans cette lumière dansante et enivrante, le Fils de l'Homme ne doutait plus. Et ses ombres les plus légères soulignaient chacune de ses pensées comme un sculpteur le ferait d'un pli de vérité invisible. A l'angle d'un carrefour, en bordure d'un caniveau sale et désordonné, assis sur une borne, il regardait ces flots d'hommes chaotiques se disperser aux quatre coins de la Vallée.

Certains s'arrêtaient un court instant, hésitaient, dodelinaient de la tête, ou clignaient de l'œil, paraissant réfléchir, puis repartaient, mécaniquement, avec cette allure si propre aux nonchalants et indolents, dessinant ces longues et interminables caravanes qui trainent derrière elles les résidus tristement indélébiles, plus que lugubres, de rêves de puissance déçus et déchues.

D'autres moins que rusés s'agglutinaient en petits paquets d'hères désœuvrés, apathiques et poisseux, sans que leur pas ne signale la moindre quête. Ils marchaient vers rien, s'approchaient de rien et n'atteignaient rien.

Toutes ces cohortes hallucinées avançaient, se rapprochaient de nulle part donnant le spectacle d'une énergie grouillante qui allait s'affaiblissant davantage, sans but, sans direction ni sens. L'asphalte de leurs routes tentaculaires exhalait sur leur passage une moiteur fétide et tenace aussi remplie d'indifférence que celle des reposoirs, là où les morts sont présentés une toute dernière fois, et sans aucun espoir de réponse, à ceux qui se demandent péniblement pourquoi ils vivent.

— Est-il encore possible qu'un prince, et de quelle lignée, émerge de cette masse informe et obscène, ouvre de nouveaux horizons glorieux et lumineux de puissance, de créations ?, s'interrogeait le Fils de l'Homme.

Dans cette interminable nuit sans promesse d'aurore qui s'abattait sur la Vallée des hommes, où et d'où se lèverait le nouveau soleil insoumis qui dévoilerait le nouvel homme ?

Les échos d'une musique très ancienne interrompirent sa méditation.

— Sans la musique, la vie ici-bas serait une erreur. Tu es un Vieux, choisis et prends ta place, s'il est encore temps, se recommanda le Fils de l'Homme.

Il se leva pour retourner au Portique de la Vallée des hommes. Il eut juste le temps d'apercevoir une ribambelle de jeunes filles aux cris égayés qui déferlait sur le trottoir d'en face. Il reconnut l'une d'elles, celle qui lui avait étrangement parlé au pied du catafalque dans un échange furtif de leurs regards.

— Elles jouent, toutes indifférentes à l'amour naissant, lui sembla-t-il.

Parvenu au Portique de la Vallée des hommes il rencontra le gardien qui lui barra le chemin.

— Tout être goûtera à la mort, dit-il énigmatique au gardien interloqué, avant d'aller s'endormir paisiblement au pied de la colonne d'airain.

II.7

Le soir accompagné de ses langueurs voluptueuses estompait la couronne des montagnes alentours. Le ciel nacré d'ocre jaune violacé s'entortillait sur leurs sommets. Assis sur son rocher, le Fils de l'Homme jouissait paisiblement de ce spectacle grandiose que relevait l'éclat argenté d'une pleine lune brillante et dominatrice.

De là-haut le Fils de l'Homme pouvait entendre les échos confus des bruits habituels de la Vallée des hommes. Il distinguait des éclats de voix provenant de quelque bistrot attardé à l'ivresse belliqueuse, le fracas étouffé des forges qui fondaient et tressaient durement l'acier, quelques derniers cris capricieux d'enfants sur le point de s'endormir. Ces échos montaient jusqu'à lui, pénétraient l'épaisse forêt, la traversaient telle une funeste rumeur lui annonçant la disparition très prochaine des restes d'humanité. Devant lui il regardait le sentier terreux et glabre de toute végétation qui coulait, s'insinuait tortueusement en direction de la Vallée des hommes, une sorte de chemin de la résistance, se prit-il à espérer.

Dans l'ombre vacillante d'un cyprès se détacha une silhouette familière à son cœur. Elle s'avançait vers lui, légère et presque invisible. Ses pas caressaient la terre dans un doux bruit qui lui fit oublier la rumeur de la Vallée des hommes. Enfin rapprochée de lui, le Fils de l'Homme se leva, et sans un mot lui tendit sa main généreuse. Dans le secret de cette nuit protectrice leurs deux mains se joignirent. On eut pu entendre, deviner condensé dans cet instant, le soupir de la créature tout entière.

Ils se cherchèrent et se trouvèrent.

Beaux.

Offerts l'un à l'autre.

S'éprouvèrent.

Elle, éclose dans sa robe inutile.

Lui, impétueux dans son corps embrasé.

Leurs chairs se mêlèrent.

— Prends tout de moi, lui souffla le Fils de l'Homme.

Une goutte d'éternité perla dans leur onde enlacée.

— C'est ainsi que l'aveugle destin scelle les fronts étoilés, songea le Fils de l'Homme.

La nuit acheva de les déposer, ombres vibrantes de vie, sur le rivage de l'aurore naissante.

Le Fils de l'Homme éprouva cette joie pure et profonde qui puise sa force dans les puissances obscures et irréductibles du désir apaisé. Porter au-delà de lui-même, il voyait maintenant se dessiner devant lui les contours d'une nouvelle humanité. La rumeur de la Vallée s'était éclaircie sous l'effet de la chaleur du jour allant s'accroissant, dissipant les dernières vapeurs qui baignaient la forêt.

— Quels sont ces hommes ? se demandait-il, songeant à ceux-là d'en bas, quand parut devant ses yeux rayonnants de lumière un vieil homme à la silhouette chétive et maladroite, appuyé sur sa canne de bois rouge torsadée et sinueuse figurant un serpent dont la tête mordait le pommeau fatigué.

Ce dernier se présenta comme l'homme le plus puissant de la Vallée, celui devant lequel, dit-il, aucun regard n'avait osé, n'osait et n'oserait jamais se lever.

— Une sorte d'homme fatigué, misérable, à l'allure revendicative d'un empereur usé, songea le Fils de l'Homme.

Tous avaient tremblé devant lui et trembleraient toujours. C'est ainsi que la nature l'avait voulu, crut-il bon d'ajouter. Il paraissait tristement impérial et très en colère, martelant de ses pas tâtonnants et saccadés l'ombre du Fils de l'Homme comme pour l'effacer de la surface de la terre.

— Que me veux-tu ? Que veux-tu ? Oses-tu encore vouloir ? Sais-tu seulement ce que vouloir signifie, toi le contempteur du désir ? l'interrogea le Fils de l'Homme.

Sans attendre de réponse, tout en se levant et répandant de la sorte plus largement son ombre sur le sol le Fils de l'Homme renchérit :

— La nature n'a rien voulu pour toi quand toute ta vie témoigne combien tu l'as desservie, reniée jusqu'aux fondations de tes palais grimaçants de cruautés inutiles et incertaines. Ton peuple est à ton image, sans palais il est vrai.

— Ta place n'est pas parmi nous, rétorqua le vieil homme d'une voix chevrotante. Notre communauté tout entière te prie de repartir sur-le-champ. Tes propos blasphématoires, tes pensées ignobles, tes actes scandaleux nous inspirent à tous un rejet total sans possible pardon. Personne ici ne regrettera ton départ, bien au contraire ! Feu ton père, Nathanaël le Bien-aimé lui non plus n'aurait pas supporté davantage tes outrages et impertinences.

— Mon feu père Nathanaël le Bien-aimé était ce qu'il a choisi de devenir. Et sa vue était courte, très courte, trop myope certainement. Il ne te sert à rien d'évoquer sa mémoire pour souiller davantage les élans de votre dégénérescence. Apprends que votre pardon ne m'est pas plus utile que les babillages de l'enfance. Garde-toi, gardez-vous de cracher contre le vent. Contre les désirs, ajouta Le Fils de l'Homme.

Le Fils de l'Homme s'approcha du vieil homme et ajouta d'une douce voix sans faille :

— Qui es-tu pour m'interdire un séjour à l'endroit de mon choix ? Qui représentes-tu qui prétends décider pour moi du choix de mes pas ? M'infliger une peine quand elle m'est par nature étrangère ? Quelle est cette communauté qui s'arroge des droits au nom de tous quand plus aucun de ses membres n'est lui-même, chacun profondément dénaturé, devenu étranger à lui-même, ayant perdu son bien le plus précieux, sa seule et unique vie jusqu'à la racine de ses désirs. Vous n'êtes plus que les ombres désarticulées de vos ombres, et donnez l'amer spectacle d'hommes réduits à de pitoyables et fragiles marionnettes. Tu es le berger d'un troupeau d'écervelés quand tu n'es pas même ton propre maître. D'ailleurs, l'as-tu jamais été, toi qui t'es courbé patient et résigné, indolent chameau, pour mériter une à une tes grandeurs artificielles, tes titres et tes distinctions dont aujourd'hui tu t'enorgueillis ? Tu faisais couler les larmes de tes frères pour grossir les ruisseaux de ta vulgarité. Et ton peuple t'a aimé pour cela, s'est couché devant toi. Obscénité de votre existence rampante ! Car tu lui ressembles et il te ressemble. Au-delà de tes médailles d'honneur, mais que sais-tu de l'honneur ?, rutilantes et éclatantes de tes prétentions et bavardages qui n'abusent que les naïfs, tu n'as toujours ressemblé qu'à ton peuple, vautré dans la fange de son impuissance solidaire.

Le Fils de l'Homme pointa un doigt accusateur en direction de la Vallée des hommes et poursuivit de sa voix qui allait augmentant de fureur :

— Feu mon père a bien tenté de vous survivre, dans sa folie avez-vous déclaré lors de vos audiences au sein de votre palais que vous appelez de justice. Quelle justice ? Celle de l'union des faibles ? Celle de prétendus juges qui se masquent derrière les apparences du droit qui n'est en réalité que l'expression de l'union, de la solidarité des faibles sans esprit ni volonté. Je n'ai que faire de tes ordres, encore moins de vos désordres. Car que savez-vous de l'ordre ? Que savez-vous de cette création, de cet ordre véridique où le fort impose et dispose sans mollesse selon la puissance et l'impétuosité de ses désirs ?

La face du vieux était devenue livide.

De rage, de ressentiment, s'amusa le Fils de l'Homme. Il ajouta :

— Que sais-tu du scandale, toi et les tiens qui vous empressez de mettre une corde avec une pierre, attachée au cou de celui qui les provoque ? Etes-vous seulement capables de provocations vous tous qui vous entassez les uns sur les autres, vous alignez les uns toujours derrière les autres ? Où sont vos créateurs ? Où sont leurs créatures fières et debout ? Leurs audaces ? Leur bravoure ? Leurs illustres créations ? Vous n'enfantez plus que du vide et vos enfants sont vides d'avenir. Où sont ces nouvelles lois qui dicteront les nouveaux droits de nos désirs ?

Abasourdi, saisi de vertige le vieil homme commença de tourner en rond sur lui-même, chancela tout en semblant rechercher son équilibre au milieu de ses certitudes ébranlées.

— Vieux chef dégénéré, loin de vous quitter, je viens vers vous témoigner d'une nouvelle humanité, bien au-delà de vos ombres agonisantes, par-delà la folie trop sage de mon feu père Nathanaël le Bien-aimé. Avertis ta triste et méprisable troupe, vieil homme imprudent à la silhouette impudente, que le Fils de l'Homme lui donnera bientôt les tables de la nouvelle Loi. Rentre chez eux, retourne parmi les tiens et profite de cette nuit pour comprendre que la fin de votre époque est proche, que la nuée vous apporte de sombres tourments.

Le Fils de l'Homme s'empara de la main noueuse, faible et tremblante du vieil homme et sans plus un mot, le reconduisit sur le chemin rocailleux qui descendait en direction de la Vallée des hommes.

II.8

Quand le Fils de l'Homme franchit le seuil de la concession familiale, poussant un très ancien portail de fer boursouflé, rongé par les saisons et la rouille, il redécouvrit la modeste cour où insouciante, toute sa jeunesse s'était écoulée en jeux de prince et rêves de grandeur. Il subsistait bien quelques rameaux d'acacia rabougris, épargnés par l'aridité de la terre, aux feuilles jaunies par les sécheresses successives encore chargées des poussières de l'harmattan dernier. Le puits qui avait servi aux cuisines, aux toilettes tardives dans la fraîcheur des soirs, avait disparu, entièrement recouvert par une large et épaisse dalle de béton effritée par endroits, poussiéreuse et grisonnante. Çà et là de vieux habits jonchaient le sol sablonneux, formant de petites taches de couleurs qui cassaient sa monotonie.

Il traversa la cour de son enfance comme un aveugle le ferait au milieu d'une galerie de tableaux. Poussant la vieille porte d'entrée de la maison, au bois vermoulu, il discerna dans la semi obscurité ses frères et ses sœurs, assis autour d'une table basse au plateau de verre ébréché par endroits. Un oppressant silence régnait, pesant si fort sur leurs têtes renversées qu'elles paraissaient incapables de pouvoir se relever.

— Où est-elle ? demanda le Fils de l'Homme.

Personne ne lui répondit. Un court instant il se sentit douloureusement étranger parmi les siens tandis qu'une sourde colère montait en lui. Parcourant la pièce d'un regard inquiet il aperçut à l'écart, allongée sur un canapé au cuir usé par d'interminables palabres, la masse recroquevillée d'un corps figurant le seul trait d'union entre tous ces visages soucieux et résignés où se mêlait une terrible expression d'impuissance. Il s'en approcha. Cherchant sa main presque inanimée, il la prit fermement l'obligeant à se relever.

— Viens, lui dit-il. N'aie aucune crainte.

Parvenus dans une chambre à l'écart, éclairée timidement par la lueur vacillante d'une lampe à pétrole, la dernière facture d'électricité n'ayant pas été payée, il entreprit de la déshabiller, posa sa main sur sa poitrine presque éteinte, puis sur son front brûlant.

— Tu es malade, et cela depuis fort longtemps. Ne le savais-tu pas ? Pourquoi tes frères et tes sœurs ne t'ont-ils pas soignée ?

En guise de réponse elle lui indiqua d'un lent hochement de tête le vieux seau cabossé dans lequel elle vomissait tout son sang depuis si longtemps, semblant vouloir signifier : à quoi cela aurait-il pu servir ?

Lui reprenant doucement la main, le Fils de l'Homme lui dit d'une voix mêlée de tendresse et de dureté :

— Je te conduirai là où tu veux aller. Ne t'inquiète pas car tu connais cette couleur rouge écarlate du sang qui parle au cœur, l'irrigue et le nourrit de nos désirs, jour et nuit, à chaque instant. Sois la force de tes désirs ! Te rappelles-tu ? Le cœur de notre feu père Nathanaël le Bien-aimé a fini par cesser de battre quand sa vieillesse en éveil croula sous le fardeau d'illusions funestes. Nos frères et sœurs t'ont négligée autant de fois qu'ils se servaient de toi. Soumise, tu accomplissais régulièrement leurs tâches ingrates dans les poussières du charbon et la cendre, t'activant à laver leur linge ou braiser leur poisson dans les ombres de toute la maison. Rarement ils t'accordèrent un peu de répit, une maigre part de soleil. C'est ainsi qu'ils sont devenus plus préoccupés de leur bien être que de ta santé.

Le Fils de l'Homme regardait les yeux de sa sœur. Presque éteints et pourtant habités d'une étrange magnificence. Il crut bon d'ajouter :

— Tu vivras, pourvu que tu le veuilles ! Car ta maladie est ton esprit. Connais ta maladie et tu ne tomberas pas malade.

Tout en lui parlant, le Fils de l'Homme se souvenait de ces Temps anciens où les Initiés, lorsqu'ils parlaient, illuminaient les nuits les plus profondes faisant tomber du ciel des langues de feu, se retirer la mer à leur pied, multipliaient les récoltes ou chanter les oiseaux tous ensemble. Ils étaient le Feu, l'Eau, la Terre et l'Air, et leurs paroles apprivoisaient, épousaient tous ces éléments, les transformaient de l'intérieur selon leurs vœux. Ils étaient plus puissants que les chefs traditionnels ou les possédants qui aujourd'hui pullulaient dans la Vallée des hommes.

— Donne-moi tes mains. Donne-moi leurs œuvres. Donne-moi leurs appuis, lui confia le Fils de l'Homme.

Quand elle lui tendit péniblement ses deux mains chétives, il lui prit les poignets durant un long et silencieux moment. Leurs regards se croisèrent, la magnificence et la puissance.

— Tu veux. Tu veux vivre, alors tu vivras, lui dit le Fils de l'Homme.

Sans plus un mot, il quitta sa jeune sœur, traversa la chambre comme une ombre dansante. Dans le salon, les frères et sœurs, rien n'avait bougé comme solidifié par l'impuissance.

— Notre sœur vivra et ne sera plus la même. Bientôt vous ne la reconnaîtrez plus, leur dit-il.

C'est à peine s'ils levèrent la tête.

Sans un mot de plus, il quitta la pièce, traversa la cour, poussa une dernière fois le portail d'entrée et se fondit dans la nuit qui patientait.

— Ne te retourne pas, se dit le Fils de l'Homme

Sur le chemin du retour, le Fils de l'Homme s'arrêta à la terrasse d'un café où des hommes, peu empressés de rejoindre leurs épouses, pataugeaient dans les dernières heures de la nuit. Ils buvaient leur vin habituel, leurs yeux hagards paraissant fouiller le fond de leur solitude. Ils accrochaient avec ferveur leurs lèvres ridées à la bordure opaque de leur verre et chacune de leur gorgée ressemblait au début de prières inachevées. Tout en buvant goulûment ou par intermittence ils égrainaient le chapelet de l'ivresse, haussant parfois la voix comme s'ils craignaient de n'être entendus de personne. Et par instant, la hauteur de leurs voix confondues déchirait le vide de leur rencontre, montait vers le ciel sourd, retombait sur eux comme un crachat plein de mépris. Mais ils étaient si sourds, affalés, si ivres, qu'ils acceptaient l'insulte et persistaient à s'accrocher aux bordures de leur verre ébréché rempli de piété infâme.

L'âme du vin, sensible et craintive, avait fini par déserter leur verre. Livrés à l'ivresse gloutonne, maladroits et lourds dans leurs paroles, ils montraient ce qu'ils étaient devenus ; des jouisseurs sans esprit, sans profondeur, qui se complaisaient, se vautraient dans la fange de leurs petits et laids soucis. Grivoiseries et jérémiades de toutes sortes fusaient çà et là, se succédaient sans cohérence, dans un désordre indescriptible. Quand l'un de ces buveurs parlaient du prix du poisson sur le marché de la veille, l'autre sans attendre ni écouter racontait tout en riant salement et de manière péremptoire sa dernière conquête amoureuse, son dernier exploit, avait-il cru bon de préciser. Mais là encore personne n'avait tenté d'écouter la fin de son histoire. Tous ces récits se répercutaient, se disloquaient d'une table à une autre, se superposaient en une bruyante et absurde cacophonie qui démultipliait l'ivresse maintenant collective. La terrasse entière avait basculé insensiblement dans l'étourdissement, chacun finissant par s'appuyer sur l'autre, lui-même saisi de vertige. Cet ensemble avait l'allure d'un radeau surchargé de naufragés à demi conscients, abandonnés à eux-mêmes, dérivant sans aucun espoir au gré des bribes de leurs paroles insensées quand se produisit un étrange événement.

L'épouse de l'un de ces buveurs attardés fit soudainement son apparition. Furieuse et très en colère elle se dirigea vers la tablée où son mari visiblement ne l'attendait plus depuis longtemps, tout occupé qu'il était à raconter son histoire où il s'improvisait épicier respectable et donc homme responsable ayant dû décider du sort de son seul employé qui, était-il en train de préciser, avait manqué d'assiduité à son travail de commis. Un moment, un très court moment, un silence pesa sur toute la terrasse qui permit à tous d'entendre le début des griefs de son épouse.

— Que fais-tu ici à pareille heure, mon mari, quand tu devrais être à la maison depuis longtemps ? Dis-moi, mon mari, n'as-tu pas mieux à faire que de boire tout notre salaire ? Et le mois commence à peine ! Sois enfin raisonnable, mon mari. Il faut rentrer, mon mari, il est plus que tard.

Elle lui répétait, assenait « *mon mari* » sur un ton plein d'autorité d'où s'était retirée toute trace d'affection. Il était devenu sa chose, son objet, sa petite force soumise et disponible à tout moment selon ses envies ou ses raisons. Un mari marri !

Lui s'était levé de sa chaise, titubant et résigné au milieu des éclats de rire qui achevèrent de brouiller les remontrances de son épouse.

Le Fils de l'Homme se tourna vers la servante et lui dit :

— Regarde cette femme qui un jour sut profiter des charmes de sa jeunesse pour aveugler la raison de cet ivrogne. Bien loin de s'en tenir là, elle l'enchaîna aux courtes jouissances de ce qu'il dût prendre pour les effets de son pouvoir de séduction et donc de sa plus noble conquête. Certainement très habile, elle le laissa continuer d'y croire, ponctuant ses illusions par de bien réelles maternités qui remplaçaient avantageusement l'art de la conversation ou toutes autres formes d'élévation d'esprit. Regarde cet homme qui confond dangereusement être séduit et séduire, impuissance et puissance. Maintenant comme pour tant d'autres, leurs couches ressemblent à des gouffres amers où s'échouent leurs conquêtes de pacotilles quand elles devraient être des havres pour le repos des conquérants, de ces nouveaux explorateurs et créateurs d'humanité. L'eau que les épouses donnent à boire à leur mari a le goût de leurs impuretés, fielleuse de leurs jalousies et de leurs fieffés mensonges ; parfois aussi fade et sans promesse de floraisons, encore moins de fruits sinon peut-être seulement de ceux destinés à pourrir. Et leur progéniture est mioche plutôt qu'enfance.

La servante riait.

— Suis-je celui qui fait rire les servantes ? songea le Fils de l'Homme.

Il quitta la terrasse et se rendit au Portique. Comme à l'accoutumée, il s'endormit au pied de la colonne d'airain.

II.9

Très tôt ce matin-là, un messager apporta une convocation au Fils de l'Homme. Sur le petit bout de papier dûment signé par le Juge de la place, figurait en toutes lettres en guise de motif « *Pour affaire vous concernant* ». Le Fils de l'Homme songea que n'ayant pas d'affaire en cours, rien ne pouvait donc le concerner. Il décida toutefois de se rendre à la convocation, plutôt amusé et curieux de connaître ce que les gens de la Vallée avaient bien pu lui préparer.

Le Fils de l'Homme n'eut aucune peine à rejoindre la grande place de l'Hôtel de ville devant laquelle s'étalait l'architecture froide et massive du Palais de Justice. Siégeait au faîte de sa toiture la statue imposante de la déesse Thémis, les yeux bandés, tenant une balance et une épée. Pour entrer, il dut se présenter au gardien et lui montrer sa convocation. Sans un mot, ce dernier le mena devant une porte de bois vernissé derrière laquelle le Juge l'attendait. Lorsqu'il poussa la porte, il découvrit au premier regard un bureau parsemé de nombreux dossiers, empilés méticuleusement les uns sur les autres, bordés de part et d'autre par deux minuscules drapeaux, ceux de la Nation et de la Vallée des hommes. Barricadé derrière ce mur de paperasserie qui ceignait tout un monde de litiges en cours, enlisé dans un fauteuil rembourré aux mollesses éprouvées, un vieil homme à la bedaine rebondissante que semblait soutenir le bureau tout entier, le considérait de ses yeux globuleux d'autant plus inquiétants qu'ils étaient démesurément grossis par les verres de ses lunettes à fine monture dorée. L'homme aux yeux de grenouille l'invita à prendre place à bonne distance devant lui, sur un siège bancal et inconfortable à la cannelure plus qu'ébouriffée et piquante, vraisemblablement celui qu'il réservait aux malfrats de toutes sortes pour les besoins de ses interrogatoires.

Le Fils de l'Homme n'avait que faire de cette grotesque mise en scène où la distance devait servir à imposer le respect et l'inconfort, la soumission. Aussi sans attendre il s'adressa au Juge :

— Quelle affaire me concernant vous concerne aussi ? Je n'ai, que je sache, aucune affaire en cours ni avec vous ni personne.

— Je représente ici la Loi et ai en charge de veiller à ce qu'elle soit respectée par tous et vous en particulier. Le Chef, représentant des habitants de la Vallée des hommes m'a informé vous avoir prié, au nom de tous ses habitants, de quitter sans délai la région. En outre il m'a rapporté vos propos injurieux à l'endroit de sa personne et de tous les habitants de la Vallée. Compte tenu de la gravité de ces informations, je vous somme, pour préserver l'ordre public, de quitter sans délai la région.

Le Fils de l'Homme éclata de rire.

— L'ordre public ? Le représentant des habitants, le Chef ? Et vous le représentant de la Loi ? Ce sont là de bien grands mots pour de petites mesquineries. L'ordre public dont vous parlez rappelle l'alignement du bétail devant les mangeoires. Ignorant jusqu'à ne pas connaître sa véritable destination, l'abattoir pour tous ! Un peuple discipliné et plein de bêtise ! Son représentant s'en arrange fort bien, véritable illusionniste, lui qui veille à la distribution parcimonieuse des salaires. Guère trop, tout juste assez en attendant les prochains coups de sirène de vos usines, les remontrances de vos administrations qui assènent régulièrement qu'il faut gagner son pain à la sueur de son front. Quelque dévoué prêtre à votre service achève de lui faire accroire en une malédiction divine, à vrai dire une bénédiction pour les plus coquins et goujats d'entre vous ! Ainsi tout rentre et reste dans l'ordre, votre ordre, celui que vous appelez outrageusement public ! Quant à vous, Monsieur le juge nommé par ce prétendu Chef, vous n'êtes qu'une marionnette, un pantin aux pieds de papiers qui s'entoure de plantons naïfs et galonnés à l'entrée de son palais et s'enorgueillit de futilités.

Le Juge s'était redressé de son fauteuil, tel un crapaud sur ces gardes.

— Vous outragez ma fonction, s'écria-t-il. Cela peut vous coûter cher…

Nullement impressionné, le Fils de l'Homme ne le laissa pas terminer sa phrase et poursuivit :

— Vos bureaux et études d'avocats, vos confrères comme vous dites, sont les égouts de vos vies déclinantes. Votre palais de justice abrite les mises en scènes de votre agonie où vos illusions et fictions de toutes sortes, empilées sur les mythiques plateaux de votre balance, dansent dans un équilibre fragile et macabre.

Le Fils de l'Homme s'était levé et appuyé sur une épaisse pile de dossiers continua :

— Vous ignorez ce qu'est un homme libre. Ce type d'homme, ni malfrat ni mouton, ne relève pas de votre compétence encore moins de vos juridictions, administrations ou prêtrise. Mis au monde par sa mère, il est au monde, dans le monde, c'est ce que la nature nous enseigne. Et le monde, sans jamais lui appartenir, est son vaste domaine que vos intelligences étriquées d'écervelés clôturent de toute part, murent au gré de vos préjugés, vos lois et morales vulgaires. Vous avez même érigé la pitié et la charité en vertus pour les plus pauvres d'entre vous, la clémence et le pardon pour les moins faibles d'entre vous.

L'homme libre n'a que faire de ces prétendues vertus. Il se débarrasse de son excédent, ne partage pas ni ne s'apitoie. Vous aimez l'argent, sa puissance qui vous permet d'acheter de la beauté et de paraître beau quand vous êtes laid, de vous entourer de gens d'esprit pour paraître spirituel quand sans esprit vous pataugez dans le dédale de vos dettes ou créances, vos litiges comme vous dites souvent.

L'homme libre, c'est celui que vous bafouez à chaque instant de votre vie, au nom de vos fictions, de vos illusions où vous confondez être et avoir. Vous insultez toutes les mères, la nature toute entière et osez vous présenter comme père de la Nation, représentant du Peuple ! Pauvres ânes, pitoyables juges, administrateurs ou prêtres, qui ne savez pas même distinguer le son de l'avoine !

L'homme libre c'est aussi celui dont la parole ne se perd pas en babillage dans les coulisses de vos absurdes théâtres. Chacun de ses mots est une action, une création. Toujours inouïe ou inédite, sa parole ne laisse personne indifférent. Soit rejetée soit admirée, toujours très proche du scandale elle éveille les consciences, ce que vous appelez pompeusement trouble de l'ordre public.

L'homme libre est l'ordre lui-même, il l'incarne quand vous avez ou n'avez pas d'ordre public. Ce qu'il veut, c'est ce qu'il ordonne, ce qu'il met en ordre comme la réalisation de soi sans compromis ni compromission. Est bon pour lui ce qu'il désire, parce qu'il le désire. Par-delà tous vos codes ou consolations mortifères !

Sans attendre la moindre réponse, le Fils de l'Homme quitta le bureau du Juge.

Sur le chemin du retour, il cueillit une fleur sauvage et la jetant sur le bord du chemin déclara :

— Ne leur pardonnez pas car ils ne savent pas ce qu'ils font.

II.10

Ce matin-là le Fils de l'Homme se réveilla, plein de tourments. La chape du ciel sur sa tête pesait comme un couvercle. Le soleil ne lui parlait pas tandis que la source indifférente semblait perdre ses eaux en direction de la Vallée des hommes, elle-même disparue dans l'épaisseur d'un lointain indéfinissable, sans teinte, ni effluve ni écho.

— Se peut-il que rien ne vaille la peine d'être vécu ? songea-t-il. Que ces temps glorieux de joies et de faiblesses surpassées fondent comme la neige au soleil, disparaissent, avalés, engloutis sous l'épaisseur des jours dans un éternel et vorace silence ? Se peut-il que nos journées ne soient que les apprêts d'une seule, longue et glaciale solitude, que nos grandeurs se volatilisent dans une immense et insatiable nuit ? Que les sourires, les grimaces, les grâces et cruautés de l'enfance s'éteignent irrémédiablement dans cette nuit finale ? Que nos mères soient leurs criminels complices qui enfantent pour nourrir ce gouffre plein de noirceur, opaque, replié, voilé sous la toge des jours ? Que toutes nos souffrances s'étouffent dans leurs cris ou prières incertaines ? Pour rien ? Ou pour des guérisons que l'on espère en vain ? Et si tout cela revenait au même ?

Je ne sais. Je ne sais, se disait le Fils de l'Homme. Mais si cela est, je le veux comme un héros qui dominerait la vie elle-même. Si cela est, je veux mon corps et toutes mes pensées, mes désirs, à l'unisson de cette mer d'encre, ce néant, car je veux connaître, être mon voyage tout entier, sans réconfort ni halte ou refuge. Je veux être ce qui est, ce qui n'est pas encore et ce qui n'est plus. Je veux tout cela à la fois. Je veux être le devenir tout entier, l'être du devenir. Etre, je veux.

Tout au long de cet interminable jour le Fils de l'Homme connut la trahison du monde. Le coq n'avait pas chanté trois fois et ne chanterait pas. Seule la source imperturbable continuait de pleurer ses eaux claires et limpides sur la terre indifférente en direction de la Vallée des hommes. Ce jour-là, le Fils de l'Homme apprit sa véritable solitude.

Il se faisait tard, très tard, quand de pâles et timides caresses de lune bercèrent son immense douleur.

— Dormir, il est temps pour moi, se dit-il.

Là-bas la colonne d'airain lui prêterait sa bienveillante épaule. Une nouvelle fois le Fils de l'homme disparaîtrait dans la nuit.

EPILOGUE

Le Fils de l'Homme regardait l'eau de la source, qui courait insouciante, claire et limpide, déroulant un serpentin argenté en direction de la Vallée des hommes. Un instant il crut reconnaître sur sa surface changeante le visage souriant de son père Nathanaël le Bien-aimé. Le ciel s'était imperceptiblement chargé de lourds nuages qui assombrissaient maintenant tout le fond de la Vallée des hommes, débordant de noirceur bien en deçà et au-delà d'elle. Aussi loin, aussi près que portait son regard, le Fils de l'Homme ne découvrait rien, absolument rien, que l'obscurité, sorte d'abîme à l'épaisseur sans fin.

— Est-ce cela ma nouvelle prison ? s'interrogea-t-il. Moi qui n'ai toute ma vie jamais voulu accepter les murs, ni ceux des familles et de leur morale, ni ceux des écoles et de leurs maîtres, des hôpitaux et de leurs malades, des casernes et de leurs petits chefs, des industries de toutes sortes et de leurs ouvriers ou même ceux de ces petits et mesquins commerces et de leurs comptables, faudrait-il qu'aujourd'hui j'accepte d'être emmuré par eux tous ?

Les éclairs de plus en plus rapprochés lui montraient la muraille de sa nouvelle prison d'un seul tenant faite de tous ces murs, ne laissant filtrer aucun rayon de lumière.

De là où il se trouvait, assis sur l'immuable gros rocher qui dominait toute la Vallée des hommes, le Fils de l'Homme ne pouvait imaginer là-bas, quelque part au fond de la Vallée, la joie de la seule femme qu'il avait aimée ni entendre les premiers vagissements de leur enfant entièrement couverts par la colère du ciel.

Le Fils de l'Homme tourna son regard en direction de la Vallée des hommes, plongea sa main dans l'eau fraiche et vive de la source. Il s'écria :

— Prenez et buvez en tous ! Faites-le en mémoire de moi.

Un dernier éclair cinglant de lumière barra son front intrépide, acheva de l'unir au ciel déchainé et à la terre indifférente.

LIVRE III

L'ENFANT

PROLOGUE

La vie avait continué. Dans le petit et paisible hameau adossé à la Vallée des hommes on entendait les éclats de rire d'un enfant dont personne n'osait prononcer le nom de peur de se tromper. Sa mère douce et aimante regardait souvent son visage sans âge et rayonnant de lumière qu'elle façonnait jour après jour de soins et de caresses attendris.

Son grand-père Nathanaël le Bien-aimé et son père le Fils de l'Homme vivaient confondus dans cette chair, plus cette indéfinissable chose que tout le monde percevait sans pouvoir rien en dire. L'Enfant paraissait pouvoir lire dans le cœur de tous quand aucun d'eux n'entrevoyait la moindre de ses pensées. L'Enfant était à lui-même un Secret.

Il ne parlait pas encore jusqu'à ce jour où la rumeur rapporta que la source était tarie. C'est alors que partout on se mit à creuser des puits. S'étant penché sur l'un d'eux, l'Enfant avait découvert tout au fond de la terre son visage. A partir de cet instant, il ne fut plus le même. Son regard brillait d'une lumière qui ne s'éteindrait jamais.

Sa mère accompagna sa métamorphose et sans pouvoir comprendre ce qui arrivait, continua de l'aimer plus fort encore.

PREMIERE PARTIE

LA SOURCE

III.1

Il y eut bien des saisons avec leurs oiseaux, leurs papillons pour virevolter auprès de l'Enfant, bien des branches d'arbres centenaires pour s'incliner sur son passage, d'innombrables sentiers pour servir ses premiers pas maladroits et éprouver sa force croissante.

Puis sa mère entreprit de lui apprendre à lire, non point comme cela se faisait dans la Vallée des hommes où l'alphabet est suspendu à quelques murs sans âme ou déroulé dans quelques livres sans consistance. Il fallait la voir prendre la main de l'enfant, le conduire à la lisière des bois et chercher ensemble dans l'écorce et les mousses des arbres, dans tous les bruits de la forêt, les écritures et paroles de la nature. L'Enfant y trouva ces premières voyelles et consonnes, ces syllabes, ces mots et ces phrases qui parlent au cœur. Elle l'emmenait au bord de ces terres d'elle seule connues où muni d'un léger bâton il grattait avec ferveur la terre pour déjà écrire gauchement ces premières lettres.

— Veux-tu apprendre à calculer ?, lui demanda-t-elle un jour que le moment lui parut propice.

— Mère, je le voudrais, lui avait-il répondu plein de respect et d'amour.

C'est ainsi qu'elle l'avait amené pour la première fois près de la source qui jaillissait autrefois d'un gros rocher blanc, à l'endroit où elle l'avait conçu. Ensemble ils avaient ramassé dans l'ancien lit de la source désormais muette quelques petits cailloux aux couleurs différentes.

— Tiens, choisis ceux de couleur blanche, ceux que les enfants jettent derrière leur pas pour ne pas se perdre au retour, puis les bleus qu'ils disposent en bordure des fenêtres de leur chambre pour apprivoiser la nuit et n'oublie pas les jaunes cendrés dont ils se servent pour allumer les étoiles quand le ciel joue à cache-cache derrière les nuages. Maintenant compte-les un à un, lui avait-elle demandé la voix pleine d'émotion.

L'Enfant regarda sa petite main où brillaient des éclats de couleurs.

La leçon de calcul allait se terminer quand l'Enfant lui dit :

— Mère, tu ne m'as pas parlé de ces autres aux couleurs vertes et orangées comme les doux fruits que tu me donnes ? Que dois-je en faire ?

— Emporte-les avec toi, tu les dessineras, les colorieras plus tard quand tu seras devenu plus habile de tes doigts et que tes yeux s'étonneront des couleurs du monde.

L'Enfant s'était empressé de mettre ces petits cailloux dans sa poche et tout souriant lui avait dit :

— Mère, tu me donnes tout. Comment pourrai-je jamais te remercier ?

La mère sentit une vive émotion la gagner et répondit dans un murmure que l'Enfant ne parut pas entendre :

— J'aimais passionnément ton père, le Fils de l'Homme, comme je t'aime aujourd'hui.

Sa mère, lui offrira par la suite ses premiers crayons et craies de couleurs.

— Avant de colorier le monde, ses peuples d'êtres et de choses, lui avait-elle confié, il faut savoir les inventer, les regarder avec le cœur.

L'Enfant ne s'empressait pas, tout éveillé qu'il était à l'école de la patience.

— Mère, demandait-il parfois les yeux pleins d'une douce curiosité, quand me parleras-tu des hommes ?

Et invariablement elle lui répondait :

— Quand ils te parleront. Cela vaudra davantage que tout ce que je peux t'en dire. Apprends à les écouter, ce qui est toujours mieux que de les entendre.

L'Enfant empruntait alors le chemin qui mène à la Vallée des hommes, disparaissait pour ne rentrer que tard dans la nuit. Et sur sa mine éteinte de fatigue resplendissait dans ses yeux un secret contentement.

III.2

L'Enfant grandissait en force et beauté. Il prenait plaisir à rivaliser dans la course avec quelques oiseaux ou lézards effarouchés, apprenait la distance dans le lancer maladroit de pierres ou les échos de ses chants que lui renvoyait la Vallée des hommes. Des pluies il en avait fait ses amies, accueillant dans ses mains jointes l'énergie du ciel. Des vents glacés qui soufflaient aux aurores prometteuses ou crépuscules inquiétants, il se vêtait de leur souffle tandis que lors de ses balades de galopin ses pieds nus épousaient amoureusement la rocaille du chemin descendant vers la Vallée des hommes. Quand un après-midi il s'en revint à la maison les pieds tout écorchés et meurtris, sa mère sans le plaindre, ce qu'elle ne faisait jamais, lui dit :

— Viens que je te lave les pieds, ceux-là qui te mèneront sur les chemins de tes choix comme tu as déjà commencé de le faire. Maintenant, tes souffrances sont le prix de ce que tu as choisi d'emprunter et elles seront d'autant plus grandes que tes chemins seront vastes.

L'Enfant ne pleurait pas car il comprenait tout naturellement que ses souffrances valaient ses joyeuses découvertes au bout des sentiers qu'il décidait d'emprunter. Et ainsi que chaque joie conquise équivalait à une souffrance dépassée.

Chaque jour avec ses jeux et leurs règles improvisées lui apportait son lot de découvertes et chacune d'entre elles augmentait sa confiance. Des blessures qui l'atteignirent il s'en fit une armure. Tantôt il se trouva chevalier sans peur et sans reproche engagé dans quelques turbulents duels d'honneur, tantôt intrépide conquérant d'imaginaires espaces peuplés d'étranges et insolites créatures. Pour reposer ses jeunes forces, il se constituait prisonnier dans un carré de clairière et très rapidement se libérait pour rejoindre d'autres combats.

Toujours tôt levé, il courait à la fenêtre largement ouverte de sa chambre, se penchait pour inspirer profondément les effluves de la terre renaissante. De son regard il embrassait toute la Vallée des hommes puis se réjouissait de retrouver dans les hauteurs de la montagne la tache blanche et massive du gros rocher près de l'ancienne source. Régulièrement à la même heure, un solitaire siffleur poussait son chant qui semblait célébrer cette retrouvaille. C'est ainsi que tout naturellement il apprit à connaître la fidélité.

Aux heures plus avancées de la journée, il observait longuement les pales de son moulin en bois de noisetier tourner et tourner encore dans l'invisible force de légères et rafraichissantes brises. De cette manière il commença de deviner dès son plus jeune âge que la force ne se montre ni ne se voit toujours.

Il affectionnait les hivers moins pour leurs rudesses et blancheur que pour les feux qu'il fallait allumer dont les flammes dessinaient des danses bariolées, rythmées par le crépitement des bûches, recouvertes par des tourbillons d'étincelles, sorte d'étoiles vivantes que l'humble demeure adressait au ciel. En tâchant de les suivre une à une, il finissait par s'endormir sur le vieux canapé, le visage souriant et rêveur, les paupières doucement closes, les lèvres légèrement entrouvertes comme s'il susurrait pieusement un secret. Et le matin, s'étonnant de se retrouver dans son lit, il demandait alors à sa mère :

— Où sont passées toutes ces étoiles du soir ?

— Où imagines-tu leur refuge ? l'interrogeait-elle alors. Crois-tu qu'elles disparaissent pour toujours dès que tu fermes les yeux ? Ou qu'elles reviennent chaque nuit, les mêmes ou d'autres différentes et pourtant semblables ?

Sa mère ne s'empressait jamais de lui répondre et par d'habiles détours faisait en sorte qu'il découvre lui-même la réponse à ses questions qui devenaient de plus en plus nombreuses. Sa curiosité à la fois satisfaite et sans cesse maintenue en éveil forçait son imagination pendant que grandissait sa patience. C'est ainsi qu'il éprouva les premières émotions de la connaissance, non point celle qu'on attend ou espère vainement mais celle qui se conquiert petit à petit. Et dans son esprit, il ne tarderait pas associer les joies du savoir aux prémices du bonheur.

Sa mère s'amusait à lui demander ce qu'il espérait. Longtemps il déclara ne pas savoir. Mais un jour, alors qu'il venait de connaître l'une de ces fréquentes contrariétés de l'enfance, il lui demanda :

— Mère, pourquoi le monde ne va pas selon l'ordre de nos désirs ?

— Mon fils, lui répondit sa mère, le monde peut aller selon tes désirs pourvu que tu le veuilles. Mais es-tu en âge de vouloir ? Car pour vouloir, il te faut choisir et pour choisir connaître les possibilités et les moyens de réaliser ton choix. Crois-tu détenir ces connaissances ? avait-elle poursuivi.

L'Enfant pressentit que le savoir le conduirait au bout de ses chemins. Depuis ce jour il considéra le monde comme un grand livre ouvert, plein d'enseignements réservés à ceux qui vivent les yeux ouverts. Il ne ferma plus les yeux sauf quand il s'agissait de les reposer pour acquérir de nouvelles forces. Il s'arrêtait à tout moment pour observer.

En bordure de ses chemins, l'herbe plier sous le vent pour en tirer l'enseignement de la force fragile qui plie mais ne rompt pas, la hauteur des arbres majestueux pour deviner la profondeur de leur racine, la mouche insouciante gobée par la grenouille gloutonne pour découvrir les secrets d'une nature impitoyable, les impressionnants cortèges de fourmis rouges ou noires, jamais mélangés, disciplinées, pour se demander qui donc pouvait être leur chef et quelles étaient ses qualités, le pic-vert qui toquait avec insistance aux portes invisibles de la forêt, les abris des musaraignes faits des roches éclatées par les indomptables et volontaires racines de fougères en désordre, le fier grillon ensoleillé au corselet d'ébène chantant devant son trou puis soudain terré et silencieux à l'approche de ses pas de loup, les longs roseaux qui sifflaient au vent leurs interminables et dispersées mélodies, certains soirs dans les profondeurs des bois le terrible brame des cerfs entourés de leurs biches impatientées, le vol de libellules suspendues, immobilisées parfaitement au-dessus des ruisseaux qui n'arrêtaient pas de courir avalant dans leur vase les traces de ses pieds nus, les vertigineux et inatteignables fonds des ravines qui regorgeaient d'animaux fuyards et craintifs, de corindons aussi, les vers de terre imprévoyants qui s'en allaient lentement mourir desséchés sous des soleils brûlants, la goutte de rosée qui illuminait de mille couleurs la rousse feuille sur le point de tomber, les fragiles et duvetés oisillons emmitouflés dans de doux nids mousseux et soyeux, les lignes raides, dures et tranchantes des débris de quelques coquilles d'escargot inhabitées, les mottes de terre vibrantes sous l'effet du creusement de taupes aveugles aux fourrures fauves, le doux et traitre parfum des muguets repérés tapis dans l'ombre puis cueillis par quelque promeneur secrètement amoureux, les larves de hannetons égarés se contorsionnant dans les sous-bois muets, les pinces coupantes des mandibules de scarabées arrogants et puants, les discrets terriers de renards endormis que d'un œil, ces enfilades de colonnes, vieux troncs d'arbres qui bordaient sa piété naissante, ces nocturnes orages de feu qui zébraient l'horizon lui posant les devinettes de l'infini, ces cercles de chanterelles ou giroles allumant les joies de promeneurs gourmands, ces taons d'été ou d'automne piquetant la peau de vaches indolentes, les parfums des résines de sapins silencieux, verts et si profonds comme des lacs noirs retirés, ces chants de feuillages musiciens pleins de soupirs, ces pavés de feuilles mortes qui poussaient son pas, ces cieux aux contours vagues débordants de lumières vespérales qu'ils vous entortillaient, vous ficelaient l'âme comme une marchandise en transit pour l'éternité, ces bruits de pas d'hommes ou de vols d'oiseaux fuyant, cherchant ou se cherchant, ces sols aux limites infranchissables durs ou tendres mais toujours là, cette épaisseur de l'air chargé de minuscules insectes ou poussières, ses témoins presque invisibles, ces champs de blé qui irradiaient de leurs blonds épis en ondes régulières la limite entre les cieux et la terre, ces mûriers sauvages piquetés de sucre vermeil presque inaccessible, ces habits de lierres qui rampaient sur l'écorce pudique de vieux chênes fiers et tordus, ces furtives apparitions de papillons phosphorescents dansant dans des trouées de lumière égarée, une fois les hululements sages et solitaires d'une chouette, gardienne des secrets de la nuit, de ces amours infidèles d'hommes bestiaux repliés dans les alcôves de scolopendres hospitalières, une autre fois cette femme pleurant toutes ses larmes, griffant, frappant et mordant la terre tant elle était jalouse, et ce chasseur qu'il avait vu visant posément le cœur d'une biche sans oser tirer tant leurs yeux s'étaient croisés, leurs âmes épousées, et cet autre qui avait osé tiré pour porter ensuite sur son dos la bête, sa tête pendante se balançant les yeux grand ouverts qui regardaient effarés des gouttes roses colorier son dernier cri sur les reins du tueur, ces miaulements de chats sauvages qui fusaient de nulle part, parlaient la langue des hommes invisibles, source de joies ce gland échappé aux sangliers barbares, qui patientait au pied d'un chêne plus que centenaire, dans le pli d'une mousse bienveillante, attendant les rosées matinales et du soir pour germer à l'heure, là aussi qui couraient de toute part ces coulées de lièvres ou de lapins sauvages qui dessinaient dans l'herbe des clairières d'étranges hiéroglyphes, et plus loin ces myriades de lucioles qui clouaient d'or le rideau fleurdelisé de la nuit, ces têtards frétillant d'impatience au-dessus de tritons ou salamandres léthargiques dans les mares vaseuses, putrides et presque absentes tant elles étaient discrètes, les exhalaisons parfumées des terres humides répandant partout leurs promesses de fertilité et de fruits, et tant d'autres choses encore visibles et invisibles ! Tout dans cette nature lui paraissait si généreux, si prodigue d'enseignements.

Aucune école et ses maîtres de la Vallée des hommes n'auraient pu rivaliser avec elle. Les enfants et leurs parents attendaient, exigeaient désormais tout des maîtres d'école. Et pour bien asseoir leur impuissance tout en la déguisant, ils se réunissaient solennellement en conseils d'enseignement interminables, de pédagogie ou d'école et parfois, dans l'extrême limite de leurs échecs, en pompeux conseils de discipline. Il leur fallait signer des feuilles d'émargement, des notes nombreuses de toute sorte qui encombraient les archives de leurs administrations.

L'Enfant n'était pas de ce monde et voyait bien que plus la paperasserie s'amoncelait, plus le gaspillage des promesses de l'enfance s'accentuait.

— Mère, dit-il un jour en rentrant de l'école, pourquoi ont-ils inventé des notes puis des diplômes. Pourquoi ont-ils imaginé et fait de nous des premiers ou des derniers quand chacun de nous devrait être un puits de science et de savoir sans cesse rempli. Pourquoi ? Dis-moi tout cela, ma mère, insistait-il.

— Mon Enfant, lui répondit-elle, dans le cœur d'une mère ou d'un père, chaque enfant sera toujours le premier. Et s'il doit y avoir des derniers, c'est que ...

L'Enfant lui coupa la parole sans lui couper le respect.

— Mère, c'est que le cœur s'en est allé, dit-il attristé.

— Mon Enfant, lui dit sa mère, bien avant que tu ne sois né, personne n'aimait déjà plus personne, encore moins aujourd'hui. Chacun calcule son intérêt et se fait des amis, toujours par intérêt. Ils ont transformé le monde en une immense fabrique où, croient-ils, tout peut se vendre ou s'acheter.

III.3

Il y eut ce matin, l'un de ces rares matins, annonciateur des joies de la journée, celui que tout le monde souhaite comme un luxe car sans avoir besoin d'y croire, mais que les pauvres gens espèrent par nécessité parce que la vie, la société tout entière et la rigueur de ses lois les ont impitoyablement forgés à supporter la faim, à se satisfaire des incertitudes et maladies de leurs esprits et corps affaiblis.

L'Enfant connaissait cet état où le cœur, emmêlé, noué d'espérances toujours reportées à des lendemains sans fin qui ne chantaient jamais, continue malgré tout de battre, poussé toujours plus avant dans les replis sinueux de la misère.

La tranche de pain rassie posée sur une épaisse planche de sapin que supportaient deux tréteaux de bois vermoulu sur le point de s'effondrer, donnait à cette masure une allure de fête. Sur les murs délabrés subsistaient quelques lambeaux de papier peint jaunis et racornis par le temps, habités par tout un monde d'insectes noctambules qu'un rayon de soleil avait forcés à déguerpir, allant se réfugier dans les dangereuses fissures des murs. Trois chaises bancales ressemblant dans l'ombre à d'anciens prie-Dieu, cannées depuis des lustres à en juger par l'ébouriffement de leurs sièges, bornaient ce qui faisait office de table princière. Au centre le morceau de pain illuminé d'un rayon de soleil brillait telle une auréole de sainteté dans un clair-obscur pieusement respectueux. Le sol d'un brun sombre et terrible en terre battue et rebattue par les pas résignés des pauvres gens qui s'étaient succédé, recouvrait les cris et les ombres de ces âmes comme une dalle commune de Gisants anonymes. Au plafond rafistolé de bouts de bois ficelés à de vieux chiffons poussiéreux et restes de tôles oxydées s'animaient les fresques douloureuses et héroïques de la marche des hommes, de leurs civilisations errantes et toujours finissantes. Cet ensemble tenait d'une cathédrale sans Dieu où les rares joies, comme celle de ce matin, résonnent plus fortement que les chœurs de n'importe quelle chapelle, plus ferventes d'espérance que les orgues d'une cathédrale avec Dieu. Et pour parfaire le tout, le papillonnement d'insectes de lumière aux ailes bariolées déposait sur les brisures des vitres les vives couleurs de vitraux célébrant la Sainte Cène des misérables sans Dieu.

L'Enfant rapprocha l'une des chaises près de la table et prit le morceau de pain.

— Mère, lui demanda-t-il, veux-tu que nous partagions cet or des pauvres ?

Sans attendre, il rompit le pain, prenant soin de rassembler toutes les miettes d'un large mouvement de la main qui ressemblait à une bénédiction.

— Mère, veuille prendre ce que ce jour nous accorde. Tu sais comme moi qu'un pain partagé vaut plus que tout l'or du monde.

La Mère s'apprêtait à refuser quand il ajouta mystérieusement :

— Demain, je te donnerai toute cette richesse qui t'a tant manqué. Je t'offrirai un royaume où tu seras reine, des bêtes et des terres que tu nommeras et cultiveras à ta guise, des jours trop courts pour les remplir de tous tes vœux comblés, des nuits trop belles pour désirer l'aurore. Je t'offrirai les petits cailloux de la Source que tu m'as appris à dessiner et colorier, les lettres que tu m'as fait découvrir, enseignées dans les feuillages à la cime des arbres et les herbes pliées humblement sur la terre, les symphonies de tous les oiseaux sur notre terre.

— Mon Enfant, lui répondit-elle, ne rêves-tu pas ? Crois-tu que le monde aille ainsi ?

— Mère, ne doute pas, tout te sera donné de surcroît. Garde l'Espérance, ma Mère.

L'Enfant lui tendit le morceau de pain et, fixant d'un regard illuminé la dalle des Gisants, lui dit :

— Prends et mange ce pain. Fais-le en mémoire de nous.

Puis il se leva, embrassa pieusement sa mère étonnée, franchit la porte de la masure et disparut dans la clarté du jour.

EPILOGUE

C'est au pied de l'éblouissante blancheur du grand rocher d'où jaillissait autrefois la source que l'Enfant au cours de ses nombreuses et discrètes escapades avait entrepris de fouiller profondément la terre.

— Qu'y avait-il derrière cette source qui pouvait libérer ou bloquer ses eaux, étancher toutes les soifs des hommes ? Quelle force ? Quelle cause ? Quel principe ? Quel souffle ou alors quel esprit ? Ou rien peut-être ? se demandait l'Enfant qui redoublait d'efforts.

Sous un ciel indifférent, la terre en colère avait fini par céder, le grand rocher basculer sur l'Enfant.

Là-bas, dans la Vallée des hommes des feux anonymes distribuaient à la nuit claire et routinière leurs milliers d'étincelles sans destination tandis qu'une rumeur joyeuse roula, monta, s'amplifia de maison en maison, de chemin en chemin, de ravine en ravine, d'arbre en arbre, d'étoile en étoile.

— La source ! La source ! La source ! Elle sourd à nouveau !

Quand un mince filet d'eau se mit à chanter dans le jardin de l'Enfant, absent depuis sept longs jours, sa mère leva les yeux en direction de la tache blanche. Elle ne vit rien qu'un gros trou noir qui tachait terriblement la nuit.

Soudain elle comprit.

Arrivée sur les lieux, elle le trouva gisant au milieu des éboulis. L'Enfant tourna son visage livide et sans âge vers sa mère, tâtonna dans sa poche et lui tendit sa main ouverte, pleine de corindons.

— Cela te suffira pour vivre longtemps encore, lui dit-il le regard plein d'une reconnaissance infinie.

Dans un dernier souffle divin il lui livra son interminable Secret :

— Mère, seule la Beauté sauvera le monde.

Depuis et jusqu'à ce jour, tous les habitants de la Vallée des hommes continuent de rechercher dans toutes leurs soifs l'Enfant qu'ils ont été.

REMERCIEMENTS

Je remercie de tout cœur,

Ceux qui en Confiance et Amour ont partagé avec moi le meilleur comme le pire.

En premier lieu mon frère jumeau pour son accompagnement, qui m'enseigna la valeur et les exigences de l'engagement,

Mes instituteurs qui m'enseignèrent à tenir un crayon, les couleurs aussi, plus tard mes professeurs qui m'ouvrirent la carrière de l'esprit,

Mes nombreux élèves dont l'étonnement me montra la jeunesse de l'esprit et les limites de mon savoir,

Mes Frères et mes Sœurs qui m'accueillirent partout dans mes voyages et ma quête,

Deborah sans laquelle ce livre n'aurait pas vu le jour,

Tous ceux nombreux, impossible de nommer ici, qui par leurs conseils avisés ou services m'ont permis d'achever ce livre,

Et comme il se doit,

Tous nos Ancêtres, pères et mères confondus.

TABLE

L'HARMATTAN ITALIA
Via Degli Artisti 15; 10124 Torino

L'HARMATTAN HONGRIE
Könyvesbolt ; Kossuth L. u. 14-16
1053 Budapest

L'HARMATTAN KINSHASA
185, avenue Nyangwe
Commune de Lingwala
Kinshasa, R.D. Congo
(00243) 998697603 ou (00243) 999229662

L'HARMATTAN CONGO
67, av. E. P. Lumumba
Bât. – Congo Pharmacie (Bib. Nat.)
BP2874 Brazzaville
harmattan.congo@yahoo.fr

L'HARMATTAN GUINÉE
Almamya Rue KA 028, en face du restaurant Le Cèdre
OKB agency BP 3470 Conakry
(00224) 60 20 85 08
harmattanguinee@yahoo.fr

L'HARMATTAN CAMEROUN
BP 11486
Face à la SNI, immeuble Don Bosco
Yaoundé
(00237) 99 76 61 66
harmattancam@yahoo.fr

L'HARMATTAN CÔTE D'IVOIRE
Résidence Karl / cité des arts
Abidjan-Cocody 03 BP 1588 Abidjan 03
(00225) 05 77 87 31
etien_nda@yahoo.fr

L'HARMATTAN MAURITANIE
Espace El Kettab du livre francophone
N° 472 avenue du Palais des Congrès
BP 316 Nouakchott
(00222) 63 25 980

L'HARMATTAN SÉNÉGAL
« Villa Rose », rue de Diourbel X G, Point E
BP 45034 Dakar FANN
(00221) 33 825 98 58 / 77 242 25 08
senharmattan@gmail.com

L'HARMATTAN BÉNIN
ISOR-BENIN
01 BP 359 COTONOU-RP
Quartier Gbèdjromèdé,
Rue Agbélenco, Lot 1247 I
Tél : 00 229 21 32 53 79
christian_dablaka123@yahoo.fr

Achevé d'imprimer par Corlet Numérique - 14110 Condé-sur-Noireau
N° d'Imprimeur : 107589 - Dépôt légal : avril 2014 - *Imprimé en France*